PAS DE NOËL CETTE ANNÉE

DU MÊME AUTEUR

Chez le même éditeur

LA FIRME, 1992
L'AFFAIRE PÉLICAN, 1994
NON COUPABLE, 1994
LE COULOIR DE LA MORT, 1995
L'IDÉALISTE, 1997
LE CLIENT, 1997
LE MAÎTRE DU JEU, 1998
L'ASSOCIÉ, 1999
LA LOI DU PLUS FAIBLE, 1999
LE TESTAMENT, 2000
L'ENGRENAGE, 2001
LA DERNIÈRE RÉCOLTE, 2002

JOHN GRISHAM

PAS DE NOËL
CETTE ANNÉE

traduit de l'américain par Patrick Berthon

ROBERT LAFFONT

Titre original : SKIPPING CHRISTMAS
© Belfry Holdings, Inc., 2001
Traduction française : Éditions Robert Laffont, S.A., Paris, 2002

ISBN 2-221-09610-X
(édition originale : ISBN 0-385-50583-3 Doubleday/Random
House, Inc., New York)

1.

Dans la salle d'embarquement bondée les voyageurs harassés étaient obligés de rester debout ou de s'adosser aux murs, les rares sièges en plastique ayant été pris d'assaut depuis longtemps. Tous les avions au départ ou à l'arrivée transportaient au moins quatre-vingts passagers, mais la salle d'embarquement n'offrait que quelques dizaines de sièges.

Ils semblaient être des centaines à attendre le départ du vol de 19 heures à destination de Miami. Ils étaient chargés de bagages à main, emmitouflés dans des vêtements d'hiver, et, après avoir subi les embarras de la circulation, l'attente à l'enregistrement, la cohue de l'aérogare, l'énergie leur faisait défaut. C'était le dimanche suivant Thanksgiving, une des journées les plus chargées de l'année pour le transport aérien. Tandis qu'ils jouaient des coudes et se faisaient bousculer, ils étaient nombreux à se demander pour la énième fois pourquoi ils avaient choisi de prendre l'avion ce jour-là.

Les raisons étaient diverses et, de toute façon, ils n'y pouvaient rien changer. Certains se forçaient à sourire. D'autres essayaient de lire, mais ce n'était pas chose facile dans la foule et le bruit. D'autres encore attendaient en regardant par terre. À l'entrée de la salle, un Noir tout maigre en costume de père Noël agitait une clochette au tintement horripilant en débitant des vœux de bonnes fêtes.

La petite famille qui s'approchait, ayant vérifié le numéro de la porte et vu la cohue dans la salle, s'arrêta à l'entrée pour attendre l'embarquement. La fille était jeune et jolie ; elle s'appelait Blair. À l'évidence, c'est elle qui partait, sans ses parents. Ils laissèrent tous les trois leur regard courir sur la foule et chacun se demanda pourquoi ils avaient choisi de prendre l'avion ce jour-là.

Les larmes ne coulaient plus, ou presque. À vingt-trois ans, fraîchement diplômée, Blair avait un joli CV, mais n'était pas prête à affronter la vie active. Une de ses amies d'université était partie en Afrique avec le Peace Corps, ce qui avait donné à Blair l'idée de consacrer les deux années qui venaient à aider les autres. On l'envoyait dans l'est du Pérou où elle apprendrait à lire à de très jeunes Indiens. Elle allait vivre dans une cabane sans eau courante ni électricité ni téléphone ; elle était impatiente de partir.

Elle prenait un vol à destination de Miami, d'où elle embarquerait pour Lima. Elle aurait ensuite trois journées de voyage en car au cœur des montagnes – une plongée dans le passé. Pour la première fois de sa jeune vie protégée, Blair allait passer les fêtes de Noël loin de chez elle. Sa mère lui étreignait la main en s'efforçant de faire bonne figure.

Ils s'étaient déjà fait leurs adieux. « Tu es sûre que c'est ce que tu veux ? » n'avait-on pas manqué de lui demander pour la centième fois.

Le père, Luther, le front plissé, parcourait la foule du regard en se répétant que c'était de la folie. Après les avoir déposées devant la porte de l'aérogare, il avait fait des kilomètres pour trouver une place de stationnement. Une navette bondée l'avait ramené aux Départs d'où, sa femme et sa fille dans son sillage, il s'était frayé un chemin dans la cohue des voyageurs jusqu'à la salle d'embarquement. Le départ de Blair emplissait Luther de tristesse et il ne supportait pas la foule grouillante. Il était d'une humeur de chien ; ça n'allait pas s'arranger.

Les employés harcelés commencèrent à s'agiter ; la foule se mit en branle. La première annonce invita les passagers qui avaient besoin d'un peu plus de temps et ceux de première classe à s'avancer. La bousculade s'intensifia.

— Nous ferions mieux d'y aller, dit Luther à sa fille unique.

Nouvelles embrassades, chacun retenant ses larmes.

— Un an, ça passe très vite, affirma Blair en souriant. Je fêterai le prochain Noël à la maison.

La mère, Nora, acquiesça de la tête en se mordant les lèvres et posa un dernier baiser sur la joue de sa fille.

— Fais bien attention à toi, répéta-t-elle pour la centième fois.

— Ne t'inquiète pas, tout ira bien.

Ils se résignèrent à la lâcher et la regardèrent prendre place dans une longue file de voyageurs, s'éloignant insensiblement d'eux, du foyer familial, de la sécurité, de tout ce qu'elle avait toujours connu. Au moment où elle tendait sa carte d'embarquement, Blair se retourna pour leur adresser un dernier sourire.

— Voilà, fit Luther, c'est fini. Tout ira bien pour elle.

Nora, qui regardait sa fille disparaître, ne trouva rien à dire. Ils firent demi-tour, se mêlant au long cortège de voyageurs, laissant derrière eux le père Noël à la cloche exaspérante et la rangée de boutiques bondées.

Il pleuvait quand ils sortirent du terminal pour prendre place dans la file d'attente de la navette ; il tombait des cordes quand le véhicule projetant des gerbes d'eau les déposa sur le parking, à deux cents mètres de leur voiture. Il en coûta sept dollars à Luther pour se libérer de la rapacité des services de l'aéroport.

— Tu crois que tout se passera bien pour elle ? demanda Nora sur la route du retour.

Luther avait si souvent entendu cette question qu'il répondit par un grognement machinal.

— Ouais.

— Tu le penses vraiment ?

— Bien sûr.

Quelle importance cela pouvait-il avoir maintenant ? Elle était partie ; ils n'y pouvaient plus rien.

Agrippant le volant des deux mains, Luther jura silencieusement en voyant les voitures freiner devant lui. Il ne savait pas si sa femme avait encore les larmes aux yeux. Tout ce qu'il voulait, c'était rentrer chez lui, se sécher et lire une revue au coin du feu.

Ils n'étaient plus qu'à trois kilomètres de la maison quand elle déclara :

— J'ai deux ou trois choses à acheter.

— Il pleut, objecta Luther.

— J'en ai besoin.

— Ça ne peut pas attendre ?

— Tu resteras dans la voiture ; cela prendra une minute. Va chez Chip's, c'est ouvert aujourd'hui.

Il prit la direction de Chip's, un magasin qu'il exécrait non seulement à cause des prix exorbitants et du personnel qui se donnait de grands airs, mais pour son emplacement si difficile d'accès. Il pleuvait encore, évidemment. Elle aurait pu choisir un Kroger où il suffisait de piquer un sprint pour atteindre l'entrée, mais non, elle voulait aller chez Chip's, où on se garait à des kilomètres du magasin.

Il arrivait même qu'on ne trouve pas de place du tout. Le parking était complet ; des voitures bloquaient les voies réservées aux véhicules de secours. Il tourna dix minutes en vain.

— Dépose-moi au bord du trottoir, lâcha Nora, agacée par son incapacité à trouver une place.

Il se gara près d'un stand de hamburgers et se tourna vers sa femme.

— Fais-moi la liste.

— Je vais y aller, protesta-t-elle pour la forme.

Luther allait marcher sous la pluie ; ils le savaient tous les deux.

— Fais-moi la liste.

— Il me faut juste du chocolat blanc et une livre de pistaches, fit-elle, soulagée de ne pas avoir à sortir.

— C'est tout ?

— Oui. Ne prends pas d'autre chocolat que du Logan, une tablette d'une livre, et des pistaches Lance Brothers.

— Et ça ne pouvait pas attendre ?

— Non, Luther, ça ne peut pas attendre. Je fais un dessert pour demain midi. Si tu ne veux pas y aller, tais-toi. J'irai moi-même.

Il sortit en claquant la portière. Au troisième pas, son pied s'enfonça dans une flaque jusqu'à la cheville ; de l'eau glaciale coula aussitôt à l'intérieur de sa chaussure. Il s'immobilisa un instant en retenant son souffle, puis il repartit sur la pointe des pieds en s'efforçant d'éviter les flaques tout en gardant un œil sur les voitures.

Prix élevés et loyer modeste, telle était la politique de Chip's. Situé dans une rue transversale, le magasin n'était visible de nulle part. À côté se trouvait un commerce de vins et spiritueux tenu par un Européen d'origine incertaine, qui se prétendait français mais que l'on tenait généralement pour hongrois. Son anglais était épouvantable, mais il maîtrisait l'art d'escroquer le chaland. Il avait dû faire ses classes chez Chip's. Au vrai, tous les commerces de ce quartier appelé le District s'évertuaient à pratiquer des prix exorbitants.

Et toutes les boutiques étaient pleines. Un autre père Noël passa devant la fromagerie en agitant fébrilement sa cloche. Les premières mesures de *Rudolph, le renne au nez rouge* jaillirent d'un haut-parleur caché au-dessus de la devanture de Mother Earth. Luther détestait ce magasin et refusait d'y entrer. Nora y achetait des herbes aromatiques bio ; il n'avait jamais compris pourquoi. Le vieux Mexicain à l'air jovial qui tenait la boutique de cigares disposait des guirlandes électriques dans sa vitrine, une pipe d'où s'échappait un filet de fumée fichée au coin des lèvres. De la neige artificielle recouvrait déjà les branches d'un sapin factice.

Il n'était pas impossible qu'il y ait une vraie chute de neige dans la soirée. Les clients se dépêchaient de faire leurs achats, entraient et sortaient des boutiques au pas de course. La chaussette droite de Luther était maintenant gelée jusqu'à la cheville.

Il n'y avait pas de paniers près des caisses, ce qui était mauvais signe. Luther n'en avait pas besoin, mais cela indiquait qu'il y avait un monde fou. Les allées étaient étroites, les marchandises présentées d'une manière abracadabrante. Quels que soient les produits figurant sur la liste, il fallait traverser une demi-douzaine de fois le magasin.

Un magasinier s'affairait autour d'un présentoir de chocolats de Noël. Au rayon boucherie une pancarte exhortait les clients à commander sans attendre leur dinde de Noël. Les vins de Noël étaient arrivés ! Et les jambons de Noël !

Quel gâchis ! songea Luther. Pourquoi mangeons-nous et buvons-nous autant pour célébrer la naissance du Christ ? Il trouva les pistaches près du pain ; quoi de plus logique chez Chip's ? Mais il n'y avait pas de chocolat blanc dans la viennoiserie. Luther jura entre ses dents et commença à arpenter les allées en regardant partout. Il fut heurté par un caddie : pas d'excuses, on ne s'en était pas rendu compte. La sono diffusait *Que Dieu demeure en vous, heureux hommes*, comme si Luther avait besoin d'être réconforté. Pourquoi pas *Frosty, le bonhomme de neige* ?

Deux allées plus loin, à côté d'une sélection de riz du monde entier, il découvrit un rayon de chocolat à cuire. En s'approchant, il reconnut une tablette de Logan blanc. Il tendait la main quand elle disparut, subtilisée par une femme à la mine revêche qui ne l'avait même pas vu. L'espace réservé au chocolat blanc Logan était vide. Effaré, Luther regarda autour de lui : pas la moindre tablette de chocolat blanc. Du chocolat noir et au lait en quantité, mais pas de blanc.

La file à la caisse rapide avançait évidemment moins vite que les autres. Les prix excessifs obligeaient la clientèle à acheter en petites quantités, mais cela n'avait aucune incidence sur la lenteur du passage aux caisses. Chaque article était soulevé, inspecté et tapé manuellement sur la caisse enregistreuse par un employé désagréable. Les sacs en papier étaient remplis n'importe comment, mais, à l'approche des fêtes, les jeunes gens tout sourire, empressés, faisaient montre d'une stupéfiante mémoire des noms. C'était la saison des pourboires, encore un aspect malséant de Noël que Luther avait de la peine à supporter.

Six dollars et des poussières pour une livre de pistaches. Luther écarta le jeune homme qui agitait un sac et se demanda l'espace d'un instant s'il n'allait pas devoir le frapper pour l'empêcher d'y glisser ses précieuses pistaches. Il les fourra dans la poche de son manteau et sortit précipitamment.

Un attroupement s'était formé devant la devanture de la boutique du vieux Mexicain. Il était en train de mettre en marche des petits robots qui se déplaçaient sur la neige artificielle et faisaient les délices des passants. Obligé de descendre du trottoir, Luther posa le pied dans quinze centimètres de neige fondue. Il resta pétrifié, aspirant l'air froid à pleins poumons, maudissant le vieux Mexicain, ses robots, les curieux et ces foutues pistaches. En retirant son pied de la neige, il éclaboussa les jambes de son pantalon. Au bord du trottoir encombré par les badauds, les deux pieds gelés, un haut-parleur crachant *Le père Noël arrive en ville*, Luther se prit à haïr Noël.

Quand il arriva à la voiture, l'eau avait atteint ses orteils.

— Pas de chocolat blanc, lança-t-il à Nora d'une voix sifflante en se glissant sur son siège.

Elle était en train de s'essuyer les yeux.

— Qu'est-ce qui se passe encore ?

— Je viens de parler à Blair.

— Hein ? Comment ça ? Il y a un problème ?

— Elle appelait de l'avion. Tout va bien.

Nora se mordait la lèvre en essayant de se ressaisir. Luther se demanda combien pouvait coûter un appel téléphonique à trente mille pieds. Il avait vu des téléphones dans des avions ; une carte de crédit suffisait. Il en avait offert une à Blair, une carte dont les factures étaient envoyées directement à papa et maman. D'un portable à cette altitude à un autre sur le plancher des vaches, il fallait compter dix dollars, au bas mot.

Et pour dire quoi ? Je vais bien, maman. Je ne t'ai pas vue depuis presque une heure. Nous nous aimons très fort. Je vais te manquer, mais tu vas me manquer aussi. Bon, il faut que j'y aille, maman.

Le moteur tournait, mais Luther ne se rappelait pas l'avoir mis en marche.

— Tu as oublié le chocolat blanc ? lança Nora qui avait repris ses esprits.

— Je ne l'ai pas oublié. Il n'y en avait pas.

— Tu as demandé à Rex ?

— Qui est Rex ?

— Le boucher.

— Non, Nora. Je ne sais pas pourquoi, il ne m'est pas venu à l'esprit de demander au boucher s'il avait du chocolat blanc caché sous ses côtelettes et ses foies de veau.

Elle ouvrit rageusement la portière en se tournant vers lui.

— J'ai besoin de ce chocolat. Merci infiniment !

Et elle partit en claquant la portière.

— J'espère que tu vas marcher dans l'eau glacée, grommela Luther.

Il continua de pester et de marmonner des amabilités, puis il régla le chauffage de la voiture pour se dégeler les pieds. Il y avait du va-et-vient devant le stand de hamburgers. Un embouteillage paralysait la circulation dans les rues voisines.

Il commença à se dire qu'il serait vraiment bien d'échapper à la période des fêtes de Noël. Un claquement de doigts et ce serait le 2 janvier. Ni sapin, ni achats, ni cadeaux superflus, ni étrennes, ni papiers d'emballage, ni encombrements, ni bousculades, ni cakes, ni alcools, ni jambons dont personne ne voulait, ni « Rudolph », ni « Frosty », ni fête de fin d'année au bureau. Pas d'argent jeté par les fenêtres. Sa liste ne cessait de s'allonger. Il se pencha sur le volant, attendant que la chaleur monte du plancher, et s'abandonna en souriant à ses rêves d'évasion.

Quand Nora revint, elle tenait un petit sac en papier qu'elle lança près de lui, juste assez fort pour ne pas casser le chocolat tout en rappelant qu'elle l'avait trouvé et pas lui.

— Tout le monde sait à qui il faut s'adresser, déclara-t-elle sèchement en tirant sur la sangle de sa ceinture de sécurité.

— Drôle de politique commerciale, fit Luther d'une voix songeuse en passant la marche arrière. On le cache près de la boucherie, on en met très peu en vente et les clients se l'arrachent. Je suis sûr qu'ils en profitent pour augmenter le prix.

— Oh ! tais-toi, Luther !

— Tu as les pieds mouillés ?

— Non. Et toi ?

– Non.

– Alors, pourquoi demandes-tu ça?

– Pour savoir.

– Tu crois que tout se passera bien pour elle?

– Elle est dans son avion. Tu viens de lui parler.

– Je voulais dire quand elle sera là-bas, dans la jungle.

– Cesse de t'inquiéter, tu veux? Le Peace Corps ne l'enverrait pas dans une région dangereuse.

– Ce ne sera pas pareil.

– Quoi?

– Noël.

Certainement pas, faillit dire Luther. Étrangement, malgré la circulation difficile, il se prit à sourire.

2.

Les pieds bien au chaud dans de grosses chaussettes de laine, Luther s'endormit rapidement et se réveilla encore plus vite. Nora errait dans la maison. Il l'entendit tirer la chasse d'eau et éteindre les lumières de la salle de bains avant de se rendre dans la cuisine pour se faire une tisane. Puis elle ouvrit la porte de la chambre de Blair, au fond du couloir ; elle devait regarder les murs, les larmes aux yeux, en évoquant les années qui avaient passé si vite. Elle revint enfin se coucher, se tourna dans le lit, repoussa les couvertures, faisant son possible pour le réveiller. Elle cherchait un dialogue, une oreille. Elle voulait qu'il lui assure que Blair serait à l'abri des horreurs de la jungle péruvienne.

Mais Luther était une masse inerte ; il se gardait bien de bouger, respirant aussi fort que possible, sachant que, si une conversation s'amorçait, elle durerait des heures. Il fit même semblant de ronfler, ce qui eut pour effet de la calmer.

Il était 23 heures passées quand elle cessa de s'agiter. Luther avait l'œil hagard et les pieds brûlants. Quand il eut la certitude qu'elle s'était endormie, il se glissa hors du lit, se débarrassa des grosses chaussettes qu'il lança dans un coin de la chambre et sortit sur la pointe des pieds pour aller boire un verre d'eau dans la cuisine. Puis il prépara une cafetière de déca.

Une heure plus tard, il était au sous-sol, à son bureau couvert de dossiers, devant son ordinateur, des tableaux sortant de l'imprimante, tel un enquêteur à la recherche de preuves. Les comptes de Luther, comptable de son état, étaient tenus avec un soin méticuleux. Les preuves s'accumulaient ; Luther en oubliait le sommeil.

L'année précédente, la famille Krank avait dépensé six mille cent dollars pour Noël. Six mille cent dollars pour les décorations, les guirlandes lumineuses et les fleurs, pour le nouveau Frosty et l'épicéa du Canada ; six mille cent dollars pour les jambons, les dindes, les noix de pécan, les fromages et les cookies que personne ne mangeait ; six mille cent dollars pour le vin, les alcools et les cigares destinés aux collègues ; six mille cent dollars pour les cakes des pompiers et des secouristes, et les calendriers de l'association de la police ; six mille cent dollars pour le pull-over en cachemire de Luther, qu'il détestait sans le dire, une veste de sport qu'il avait portée deux fois, un portefeuille en autruche qui coûtait les yeux de la tête et qu'il trouvait laid et désagréable au toucher. Pour la robe que Nora avait portée au dîner de Noël de l'entreprise, le pull-over en cachemire jamais revu depuis qu'elle avait ouvert le paquet, et un foulard griffé qu'elle adorait. Pour un manteau offert à Blair, ainsi que des gants, des bottes, un baladeur pour son jogging, sans oublier le dernier modèle ultraplat de téléphone portable. Six mille cent dollars pour des cadeaux destinés à une poignée de parents éloignés, du côté de Nora pour la plupart, des cartes de vœux provenant d'une papeterie voisine de Chip's et coûtant deux fois plus cher qu'ailleurs. Six mille cent dollars pour le réveillon de Noël chez les Krank.

Que restait-il de tout ça ? Un ou deux objets utiles, peut-être ; pas grand-chose, en tout cas. Pour six mille cent dollars !

Avec délectation, Luther totalisait les dégâts, comme s'ils étaient le fait de quelqu'un d'autre. Le faisceau de preuves méticuleusement assemblées était accablant.

Il avait gardé pour la fin les dons aux œuvres de bienfaisance. Pour l'église, la bourse aux jouets, le foyer d'hébergement et la banque alimentaire. Arrivé au bout, il se trouva face à la terrible conclusion : six mille cent dollars pour Noël.

Neuf pour cent de mes revenus bruts, se dit-il, incrédule. Six mille cent dollars payés comptant, dont seulement six cents sont déductibles.

En grand désarroi, Luther fit quelque chose qu'il ne s'autorisait pas souvent. Il prit la bouteille de cognac cachée dans le tiroir de son bureau et s'envoya deux ou trois lampées.

Il dormit de 3 à 6 et prit sa douche en chantant à tue-tête. Au petit déjeuner, devant le café et les flocons d'avoine, Nora essaya de lui faire partager ses inquiétudes, mais Luther refusa d'entrer dans son jeu. Il éclata de rire en lisant les bandes dessinées du journal, l'assura à deux reprises que Blair s'amusait comme une folle, lui souhaita une bonne journée et fila au bureau comme s'il avait une mission à accomplir.

L'agence de voyages se trouvait dans le hall de l'immeuble qui abritait les bureaux de Luther. Il passait devant au moins deux fois par jour, mais ne jetait que de loin en loin un coup d'œil à la devanture où s'étalaient des affiches de plages et de montagnes, de voiliers et de pyramides. L'agence existait pour ceux qui avaient la chance de pouvoir voyager. Luther n'y était jamais entré; l'idée ne lui en avait même pas effleuré l'esprit. Leurs vacances se résumaient à cinq jours au bord de la mer, dans un appartement prêté par des amis. Écrasé de travail comme il l'était, il n'avait pas à se plaindre.

Il sortit en douce peu après 10 heures, prit l'escalier pour ne pas avoir à donner d'explications et poussa la porte de l'agence Regency Travel. Biff l'attendait.

Avec sa grosse fleur dans les cheveux, son teint hâlé et luisant, Biff donnait l'impression d'être venue passer quelques heures à l'agence entre deux séances à la plage. Son sourire éclatant arrêta net Luther, ses premiers mots le laissèrent pantois.

— Vous avez besoin d'une croisière.

— Comment le savez-vous ? parvint-il à articuler.

Déjà, elle tendait la main pour serrer la sienne, la secouer et entraîner Luther vers son grand bureau ; elle le fit asseoir d'un côté, se percha sur l'autre bord de la table. Il remarqua les longues jambes bronzées : des jambes qui avaient l'habitude de la plage.

— Décembre est le meilleur mois de l'année pour une croisière, commença-t-elle.

Luther en était déjà convaincu. Biff étala un flot de brochures sur le bureau, sous le regard rêveur du client.

— Vous travaillez dans l'immeuble ? demanda-t-elle, abordant en douceur la question de l'argent.

— Wiley & Beck, sixième étage, répondit Luther sans détacher les yeux des palaces flottants et des grèves s'étirant à perte de vue.

— Les prêts pour caution ?

— Non, dit-il avec un petit mouvement de surprise. Les experts-comptables.

— Pardon.

Elle s'en voulait. Le teint blême, les yeux cernés, la chemise bleue standard en oxford, à col boutonné, et la mauvaise imitation de cravate de lycée privé : il n'y avait pas à s'y tromper. Pas grave. Elle fit glisser sur le bureau quelques brochures plus luxueuses.

— Je ne pense pas avoir vu beaucoup de clients de votre cabinet.

— Nous ne prenons pas énormément de vacances. Beaucoup de travail. J'aime bien celui-ci.

— Excellent choix.

Ils se mirent d'accord sur le *Princesse des îles*, un gigantesque paquebot flambant neuf qui pouvait accueillir trois mille passagers et proposait quatre piscines, trois casinos, des restaurants ouverts jour et nuit, huit escales dans les Antilles et la liste ne s'arrêtait pas là. Une pile de brochures à la main, Luther regagna en hâte son bureau au sixième étage.

Le traquenard fut tendu avec minutie. Pour commencer, il travailla tard, ce qui n'avait rien d'inhabituel, mais lui permit de créer une atmosphère. Il avait la chance que le temps soit toujours aussi sinistre. Difficile de se sentir d'humeur à préparer les fêtes quand le ciel restait désespérément bouché ; beaucoup plus facile de se mettre à rêver de dix jours au soleil sur un luxueux navire de croisière.

Si, à son retour, Nora ne se rongeait pas les sangs pour Blair, il ferait en sorte qu'elle n'y coupe pas. Il suffirait de mentionner un article évoquant la découverte d'un nouveau virus ou un massacre dans un village de Colombie et elle céderait à l'affolement. Ne pas laisser son esprit se tourner vers les plaisirs de Noël. Sans Blair, ce ne sera pas pareil.

Pourquoi ne pas nous en dispenser cette année ? Nous cacher quelque part. Nous enfuir. Nous faire plaisir.

Nora avait naturellement pensé à sa fille, au fin fond du Pérou. Elle le serra dans ses bras, lui sourit en s'efforçant de cacher qu'elle avait pleuré. La journée ne s'était pas trop mal passée. Elle avait réussi à supporter son déjeuner de femmes et passé deux heures à la clinique des enfants, dans le cadre contraignant de ses activités de bénévolat.

Tandis qu'elle réchauffait les pâtes, il plaça furtivement un CD de reggae dans le lecteur de la chaîne, sans appuyer sur la touche Marche. Il attendrait le moment opportun.

Ils commencèrent à parler de Blair. Ils n'étaient pas à table depuis longtemps quand Nora entrouvrit la porte.

— Noël sera bien différent, cette année. Tu ne crois pas, Luther?

— Certainement, approuva-t-il d'une voix triste, la gorge serrée. Rien ne sera comme avant.

— Pour la première fois depuis vingt-trois ans, elle ne passera pas les fêtes avec nous.

— Cela risque même d'être déprimant. Il y a des tas de gens qui dépriment à Noël, tu sais.

Luther déglutit, la fourchette en l'air.

— Si seulement je pouvais ne pas y penser, poursuivit-elle d'une voix chevrotante.

Il tressaillit, tourna la tête pour présenter sa bonne oreille à Nora.

— Qu'est-ce que tu as? lança-t-elle.

— Justement, commença-t-il d'un ton théâtral en repoussant son assiette, maintenant que tu en parles, il y a quelque chose dont je voudrais discuter avec toi.

— Finis tes pâtes!

— J'ai fini, déclara-t-il en se levant brusquement.

Sa sacoche n'était qu'à quelques pas; il fonça dans sa direction.

— Qu'est-ce que tu fabriques, Luther?

— Attends!

Il lui fit face, de l'autre côté de la table, des papiers dans les mains.

– Je vais t'exposer mon idée, lança-t-il fièrement. Elle est géniale.

– Tu m'inquiètes.

– Ce tableau, ma chérie, commença-t-il en dépliant une feuille, montre ce que nous avons fait l'an dernier pour Noël. Nous avons dépensé six mille dollars. Six mille dollars !

– J'avais entendu la première fois.

– Et il n'en reste pas grand-chose. La majeure partie de cet argent a été jetée par les fenêtres. Gaspillée. Sans parler, bien entendu, de mon temps et du tien, des embouteillages, du stress et de nos prises de bec, de nos bouderies et du sommeil perdu : toutes ces choses merveilleuses qui accompagnent les fêtes de Noël.

– Où cela te mène-t-il ?

– C'est une bonne question.

Luther posa son tableau et, avec la dextérité d'un magicien, présenta le *Princesse des îles* à son épouse. Des brochures recouvrirent la table.

– Où cela nous mène-t-il, ma chérie ? Aux Antilles. Dix jours dans un luxe inouï sur le *Princesse des îles*, le plus fabuleux des paquebots de croisière. Les Bahamas, la Jamaïque, Grand Caïman... Attends un peu !

Luther fila dans le salon, mit la chaîne stéréo en marche. Il attendit les premières notes, régla le volume et revint dans la cuisine où Nora étudiait une brochure.

– Qu'est-ce que tu as mis ?

– Du reggae, la musique qu'on écoute là-bas. Où en étais-je ?

– Tu voguais d'île en île.

– Exactement. Nous ferons de la plongée à Grand Caïman, de la planche à voile en Jamaïque et nous nous dorerons au soleil. Dix jours, Nora, dix jours de rêve.

– Il faudra que je perde du poids.

– Nous nous mettrons au régime. Qu'en dis-tu?

– Qu'est-ce que ça cache?

– C'est simple : on ne fête pas Noël. On met l'argent de côté, on le garde pour nous. Pour une fois. On ne dépense pas un sou pour de la nourriture qu'on ne mangera pas, des vêtements qu'on ne portera pas, des cadeaux dont personne n'a besoin. Pas un fifrelin. C'est un boycottage total, Nora. Nous boycottons Noël.

– Ça a l'air affreux.

– Au contraire, c'est merveilleux. Et il ne s'agit que de cette année. Blair n'est pas là, profitons-en. L'an prochain, elle sera avec nous et nous retrouverons Noël et son cirque, si tu en as envie. Je t'en prie, Nora, dis oui! Nous sautons Noël, nous mettons l'argent de côté et nous allons passer dix jours au soleil des Antilles.

– Ça coûtera combien?

– Trois mille dollars.

– Alors, on gagnera de l'argent?

– Absolument.

– Quand partons-nous?

– À midi, le jour de Noël.

Ils échangèrent un long regard.

La décision fut prise au lit, devant le téléviseur allumé, le son coupé, des revues qu'ils n'avaient pas lues éparpillées sur les draps. Les brochures de voyage étaient à portée de main, sur la table de nuit. Luther parcourait une publication financière sans parvenir à fixer son attention ; Nora tenait un livre de poche, mais elle ne tournait pas les pages.

Le point décisif avait été les dons aux œuvres de charité. Nora avait purement et simplement refusé d'y renoncer ou de s'en dispenser, terme que préférait Luther. À contrecœur, elle avait accepté de ne pas faire de cadeaux. L'idée d'un Noël sans sapin lui ayant arraché quelques larmes, Luther, implacable, avait rappelé sans ménagement que la décoration de l'arbre était, année après année, le prétexte à de violentes querelles. Et il n'y aurait pas de Frosty sur le toit, alors que chacune des maisons de la rue aurait son bonhomme de neige ? Cela amena la question du mépris public. En décidant de ne pas fêter Noël, ne seraient-ils pas mis au ban de la communauté ?

Et alors ? avait dit Luther. Les amis et les voisins y trouveraient peut-être à redire au début, mais, dans leur for intérieur, ils seraient rongés d'envie. Dix jours aux Antilles, Nora, tu te rends compte ? Les amis et les voisins ne riront pas de nous en pelletant la neige devant chez eux. Il n'y aura personne pour nous critiquer quand nous nous rôtirons au soleil pendant qu'ils se goinfreront de dinde farcie. Pas de sourires en coin quand nous reviendrons minces et bronzés, et que nous irons sans peur prendre notre courrier.

Nora l'avait rarement vu aussi déterminé. Il avait balayé méthodiquement toutes ses objections jusqu'à ce qu'il ne reste plus que la question des dons aux œuvres de charité.

— Tu vas laisser six cents malheureux dollars nous priver d'une croisière aux Antilles ? lança Luther d'un ton chargé de sarcasme.

— C'est toi qui vas le faire, répliqua-t-elle sèchement.

Sur ce, chacun s'était tourné de son côté en faisant semblant de lire.

Mais, au bout d'une heure d'un silence tendu, Luther repoussa les draps et retira ses chaussettes de laine.

— D'accord, lâcha-t-il. On donne la même chose que l'an dernier, pas un sou de plus.

Nora lança son livre par terre et vint se nicher contre son cou. Ils s'étreignirent, s'embrassèrent, puis elle tendit la main pour prendre les brochures.

3.

L'idée venait de Luther, mais Nora fut mise à l'épreuve la première. Elle reçut le mardi matin un coup de téléphone d'Aubie, un homme acariâtre pour qui elle n'avait pas beaucoup de sympathie. Il était le propriétaire de La Graine de potiron, une petite papeterie prétentieuse au nom stupide et aux prix exorbitants.

Aubie alla droit au but.

— Nous commençons à nous inquiéter au sujet de vos cartes de vœux, madame Krank, déclara-t-il en s'efforçant de prendre un ton alarmé.

— Pourquoi vous inquiétez-vous ?

Nora n'appréciait pas d'être relancée par un boutiquier grincheux qui lui adressait à peine la parole le reste de l'année.

— Vous choisissez toujours nos plus belles cartes,

madame Krank, et il est temps de passer nos commandes.

Aubie était un piètre flatteur ; chacun de ses clients avait droit à la même chanson.

À en croire les comptes de Luther, les cartes de vœux de La Graine de potiron avaient coûté l'année précédente trois cent dix-huit dollars, une somme qui paraissait extravagante. Ce n'était pas une grosse dépense, mais qu'est-ce que cela leur apportait ? Luther refusait obstinément de l'aider à écrire les adresses et à coller les timbres, et il se mettait en rage dès qu'elle demandait s'il fallait ajouter ou rayer un tel de leur liste. Il ne daignait même pas jeter un coup d'œil aux cartes qu'ils recevaient et Nora devait reconnaître qu'elle avait de moins en moins de plaisir à les ouvrir. Elle prit son courage à deux mains.

— Nous ne commandons pas de cartes cette année.

Elle eut l'impression d'entendre Luther l'applaudir.

— Pardon ?

— Vous avez bien entendu.

— Puis-je demander pourquoi ?

— Cela ne vous regarde pas.

Aubie en resta coi. Il bafouilla quelque chose et raccrocha. Nora se sentit toute fière, mais sa résolution chancela à la pensée des questions que cela allait susciter. Sa sœur, l'épouse du pasteur, les membres de la commission d'alphabétisation, sa vieille tante en maison de retraite, tout le monde se demanderait tôt ou tard pourquoi ils n'avaient pas reçu la carte de vœux des Krank.

Égarée par la poste? Envoyée tardivement?

Elle leur dirait la vérité. Nous ne fêtons pas Noël cette année; Blair est à l'étranger, nous partons en croisière. Et si notre carte de vœux vous a tellement manqué, nous en enverrons deux l'an prochain.

Reprenant le dessus avec une tasse de café, Nora se demanda combien de ceux qui figuraient sur sa liste s'en rendraient véritablement compte. Elle recevait plusieurs dizaines de cartes de vœux – de moins en moins au fil des ans – mais ne notait pas le nom des expéditeurs. Qui dans l'effervescence de Noël avait le temps de s'en faire pour une carte de vœux?

Cela lui rappela un autre sujet de bisbille avec Luther : la réserve pour les cas urgents. Nora mettait des cartes de côté afin d'être en mesure de répondre immédiatement à des vœux qu'ils n'attendaient pas. Tous les ans, ils en recevaient deux ou trois de parfaits inconnus et quelques autres de personnes qui en envoyaient pour la première fois. Nora s'empressait de répondre dans les vingt-quatre heures, toujours avec les mêmes vœux de bonheur et de paix. C'était ridicule, bien entendu.

Le rite des cartes de vœux ne lui manquerait pas, elle en était sûre. Finie la corvée. Elle n'aurait plus à rédiger tous ces petits messages, à écrire les adresses sur une centaine d'enveloppes, à les timbrer et à les poster dans l'angoisse d'avoir oublié quelqu'un. Finis le flot de cartes qui remplissait la boîte aux lettres, les enveloppes décachetées à la hâte et les vœux standardisés rédigés par des gens aussi pressés qu'elle.

Libérée des cartes de vœux, Nora appela Luther à

son bureau pour recevoir un peu de réconfort. Elle lui fit part de la conversation avec Aubie.

— Bien fait pour ce cloporte, lâcha Luther quand elle eut terminé. Je te félicite.

— Ça n'a pas été si difficile, gloussa-t-elle.

— Pense aux plages de sable fin qui nous attendent.

— Qu'est-ce que tu as mangé ?

— Rien. Je m'en tiens à mes trois cents calories.

— Moi aussi.

Elle raccrocha ; Luther se remit à la tâche. Contrairement à l'habitude, il n'était ni en train de jongler avec les chiffres ni de se colleter avec le code général des impôts. Il rédigeait une lettre pour ses collègues, sa première lettre de Noël, dans laquelle il expliquait habilement et soigneusement pourquoi il ne participerait pas cette année-là aux réjouissances habituelles. Il demandait en retour qu'on le laisse dans son coin. Il n'offrirait pas de cadeaux et n'en accepterait pas. Il n'assisterait pas au dîner de Noël du cabinet ni à la fête de fin d'année où l'alcool coulait à flots. Il ne voulait ni le cognac ni le jambon que certains clients distribuaient tous les ans aux associés. Il n'en voulait à personne et ne tournerait pas le dos à ceux qui lui souhaiteraient un joyeux Noël.

Il n'allait pas fêter Noël, tout simplement ; à la place, il partait en croisière.

Luther passa une grande partie de la matinée sur sa lettre et la tapa lui-même à la machine. Il en placerait une copie sur tous les bureaux de Wiley & Beck.

Le lendemain, juste après le dîner, ils prirent conscience de la portée de leur décision. Il était tout à fait possible de passer Noël sans cartes de vœux, sans dîner ni réveillon, sans cadeaux inutiles, sans un tas de choses qui, pour d'obscures raisons, s'étaient greffées sur la célébration de la naissance du Christ. Mais comment passer les fêtes sans un sapin?

Tant pis pour le sapin. Cela valait la peine d'essayer.

Ils commençaient à débarrasser la table, ce qui serait vite fait; ils s'étaient contentés de poulet rôti et de fromage blanc. Luther avait encore faim quand il entendit la sonnette.

– J'y vais.

En voyant par la fenêtre du séjour la remorque garée dans la rue, il comprit aussitôt que le quart d'heure à venir allait être désagréable. Il ouvrit la porte, se trouva face à trois visages souriants. Au premier rang deux adolescents en uniforme de scout, derrière eux M. Scanlon, le chef scout permanent du quartier.

– Bonsoir, dit Luther en s'adressant aux enfants.

– Bonsoir, monsieur Krank, répondit le plus grand des deux. Je m'appelle Randy Bogan. Nous vendons cette année encore des sapins de Noël.

– Le vôtre est dans la camionnette, ajouta le plus petit.

– L'an dernier, glissa M. Scanlon, vous aviez pris un épicéa bleu du Canada.

Derrière eux, Luther vit la longue camionnette à plateau découvert où les sapins étaient disposés sur deux rangs. Un bataillon de scouts s'affairait à les décharger et à les transporter dans les maisons voisines.

— Combien ? demanda Luther.

— Quatre-vingt-dix dollars, répondit Randy. Nous avons été obligés d'augmenter un peu, pour suivre notre fournisseur.

Ils étaient à quatre-vingts l'année précédente ; Luther réussit à retenir sa langue.

Nora surgit à ses côtés et posa le menton sur son épaule.

— Ils sont si jolis, murmura-t-elle.

Les garçons ou les sapins ? faillit demander Luther. Elle n'aurait pas pu rester dans la cuisine et le laisser se dépatouiller ?

— Désolé, déclara Luther avec un large sourire factice, nous n'en prendrons pas cette année.

Visages perplexes. Incrédules. Tristes. Un gémissement derrière son épaule quand Nora sentit le chagrin l'envahir. Les yeux fixés sur les adolescents, le souffle de sa femme dans le cou, Luther Krank comprit que c'était le moment décisif. S'il cédait maintenant, ce serait la porte ouverte à toutes les faiblesses. On achète un sapin, on le décore, puis on se rend compte qu'il n'est pas complet sans les cadeaux disposés autour.

Tiens bon, mon vieux, se dit Luther juste au moment où sa femme lâchait un « Oh ! non ! ».

— Tais-toi ! siffla-t-il entre ses dents.

Les adolescents regardaient Luther Krank comme s'il venait de les délester de leurs économies.

36

— On regrette d'avoir été obligés d'augmenter le prix, fit tristement Randy.

— Il nous reste moins par sapin que l'an dernier, ajouta obligeamment M. Scanlon.

— Il ne s'agit pas du prix, expliqua Luther avec un sourire contraint. La raison est que nous ne fêtons pas Noël cette année. Nous partons en voyage; nous n'aurons pas besoin d'un sapin. Merci quand même.

Les garçons baissèrent la tête comme des enfants blessés; M. Scanlon donna l'impression d'avoir le cœur brisé. Nora poussa un gémissement à fendre l'âme. Luther allait céder à l'affolement quand il lui vint une idée.

— Dites-moi, les enfants, vous partez bien en camp l'été prochain, comme tous les ans? Au Nouveau-Mexique, en août, si je ne me trompe?

Pris de court, ils acquiescèrent lentement de la tête.

— Bien, voici ce que je propose. Je ne prends pas le sapin, mais si vous revenez me voir cet été, je vous donnerai cent dollars pour le voyage.

Randy Bogan réussit à articuler un merci; il ne pouvait pas faire autrement. Mais ils avaient tous les trois envie de partir.

Luther ferma lentement la porte et attendit. Ils restèrent un moment sur les marches avant de se retirer en regardant par-dessus leur épaule.

Arrivés devant la camionnette, ils annoncèrent la surprenante nouvelle à un adulte en uniforme. D'autres les entendirent; quelques instants plus tard, toute activité avait cessé autour du véhicule. Les jeunes et les adultes se rassemblèrent au bout de l'allée des Krank pour observer la maison comme si des extraterrestres étaient apparus sur le toit.

Plié en deux, Luther écarta un rideau du séjour.

— Qu'est-ce qu'ils font ? murmura Nora qui s'était approchée en se baissant elle aussi.

— Ils regardent la maison, c'est tout.

— On aurait peut-être dû en acheter un.

— Non.

— On n'était pas obligés de l'installer.

— Tais-toi.

— On l'aurait laissé dans la cour.

— Arrête, Nora. Pourquoi parles-tu si bas ? Nous sommes chez nous.

— Pour la même raison que toi, tu te caches derrière le rideau.

Luther se redressa, tira les rideaux. Les scouts se remirent au travail, la camionnette s'éloigna dans la rue pour continuer la livraison des sapins.

Luther alluma un feu et s'installa dans son fauteuil à dossier inclinable pour lire un dossier rapporté du bureau. Il était seul ; Nora faisait la tête. Une brouille passagère qui serait terminée le lendemain matin.

Après avoir fait face aux scouts, qui pouvait-il craindre ? D'autres affrontements allaient suivre, c'était couru ; il y avait là une des raisons pour lesquelles Luther détestait Noël. Tout le monde avait quelque chose à vendre, tout le monde faisait une collecte, tout le monde voulait une prime, des étrennes. Quand l'indignation commença à monter en lui, il sentit qu'il avait pris la bonne décision.

Une heure plus tard, il sortit discrètement de la maison et suivit le trottoir sans but précis. L'air était frais et vif. Au bout de quelques mètres, il s'arrêta à la hauteur de la boîte aux lettres des Becker pour regarder par la fenêtre de leur salle de séjour : ils étaient en train de décorer leur sapin. Luther eut l'impression de les entendre se chamailler. En équilibre sur le dernier degré d'un escabeau, Ned Becker disposait des guirlandes lumineuses tandis que Jude, sa femme, les mains sur les hanches, aboyait des directives. La mère de Jude, une harpie sans âge, encore plus terrifiante que sa fille, s'était mise de la partie. Le doigt pointé, elle donnait au pauvre Ned des indications totalement contradictoires avec celles de Jude. Accrochez-les par ici, tirez par là. Sur cette branche, non, plutôt celle-là. Vous ne voyez donc pas qu'il y a un vide ? Vous n'avez vraiment pas les yeux en face des trous. Pendant ce temps, Rocky, le fils de vingt ans qui venait d'abandonner ses études, vautré sur le canapé, une canette à la main, se moquait d'eux et donnait des conseils que personne n'écoutait. Il était le seul à rire.

Devant cette scène Luther ne put s'empêcher de sourire. Elle le renforça dans sa conviction, le rendit fier de sa décision d'échapper à tout ce cirque.

Il poursuivit lentement sa route, emplissant avec satisfaction ses poumons d'air frais, heureux de se soustraire pour la première fois de sa vie au rite tant redouté de la décoration du sapin. Deux maisons plus loin, il s'arrêta pour regarder le clan Frohmeyer donner l'assaut à un arbre de deux mètres cinquante.

M. Frohmeyer avait amené deux enfants au foyer, Mme Frohmeyer, de son côté, en avait trois. Ils en avaient fait un autre ensemble. On arrivait à un total de six, dont l'aîné n'avait pas plus de douze ans. La tribu entière accrochait des ornements et des guirlandes. Tous les ans, dans le courant du mois de décembre, Luther entendait une voisine déclarer qu'elle trouvait affreux le sapin des Frohmeyer. Pour ce qu'il en avait à faire.

Que leur sapin fût affreux ou non, ils prenaient assurément du plaisir à le surcharger d'ornements clinquants. Frohmeyer faisait de la recherche à l'université. Son salaire annuel, à ce qu'on racontait, s'élevait à cent dix mille dollars, mais, avec six enfants, il fallait cela. Leur sapin serait le dernier à rester debout.

Luther rebroussa chemin. Chez les Becker, Ned était sur le canapé, une poche de glace sur l'épaule. Derrière lui Jude le sermonnait en agitant un index furibond. La belle-mère inspectait l'escabeau qui gisait au pied du sapin. Quelle que fût la cause de la chute, la responsabilité en incombait au pauvre Ned.

Et voilà, songea Luther. Il lui faudrait supporter pendant plusieurs mois le récit de ce malheur et on ne lui ferait grâce d'aucun détail. Ce n'était pas la première fois que Ned Becker tombait de son escabeau. Cinq ou six ans auparavant, il avait renversé le sapin dans sa chute, brisant des ornements auxquels Jude tenait comme à la prunelle de ses yeux. Elle lui avait fait la tête pendant un an.

Quelle folie !

4.

Nora et deux amies venaient de mettre la main sur une table dans leur cantine préférée, une station-service transformée en restaurant où on pouvait encore acheter de l'essence mais aussi manger des sandwiches branchés et boire un crème à trois dollars la tasse.

Comme toujours, l'établissement était bondé à l'heure du déjeuner et les longues files aux comptoirs attiraient encore plus de monde.

C'était un déjeuner de travail. Candi et Merry composaient avec Nora le comité chargé de préparer une vente aux enchères au profit du musée des Arts. À la plupart des autres tables on mettait minutieusement au point des ventes de charité similaires.

Nora entendit la sonnerie de son portable; elle avait oublié de le couper. Elle s'excusa, mais Merry insista pour qu'elle prenne la communication. Des portables sonnaient d'un bout à l'autre de la salle. C'était Aubie qui revenait à la charge. Étonnée, Nora se demanda comment il avait obtenu son numéro, puis elle se dit qu'elle le donnait machinalement.

— C'est Aubie, de La Graine de potiron, expliqua-t-elle à Candi et Merry pour ne pas les tenir à l'écart de la conversation.

Elles hochèrent la tête sans montrer le moindre intérêt. Tout le monde devait connaître La Graine de potiron. Tout y était hors de prix et celui qui s'y fournissait savait qu'il aurait les meilleurs produits.

— Nous avons oublié de parler de vos cartes d'invitation pour le réveillon, commença Aubie.

Le cœur de Nora fit un bond dans sa poitrine. Elle aussi avait oublié les cartes d'invitation et elle ne tenait pas à en parler devant Merry et Candi.

— C'est vrai, fit-elle.

Merry avait engagé la conversation avec une bénévole assise à la table voisine; Candi parcourait la salle du regard pour savoir qui n'y était pas.

— Nous n'en aurons pas besoin non plus, déclara Nora.

— Pas de réveillon? lança Aubie d'une voix vibrante de curiosité.

— Non, pas de réveillon cette année.

— Eh bien, je...

— Merci de votre appel, Aubie, coupa Nora d'une voix douce avant d'interrompre la communication.

— Pas besoin de quoi? interrogea Merry en mettant brusquement un terme à la conversation avec sa voisine pour concentrer son attention sur Nora.

– Pas de réveillon cette année? demanda Candi, les yeux braqués sur Nora comme un radar. Qu'est-ce qui se passe?

Serre les dents, se dit Nora. Pense aux plages immenses, à la mer chaude, aux dix journées paradisiaques qui t'attendent.

– Eh bien, cette année, au lieu de fêter Noël, nous partons en croisière. Blair ne sera pas là, vous savez, et nous avons besoin de nous changer les idées.

Nora eut l'impression que le silence se faisait brusquement dans la salle; le front plissé, Candi et Merry assimilaient la nouvelle. Les paroles de Luther résonnant dans ses oreilles, Nora poursuivit l'offensive :

– Dix jours sur le *Princesse des îles*, un paquebot de luxe. Les Bahamas, la Jamaïque, Grand Caïman. J'ai déjà perdu un kilo, ajouta-t-elle avec une suffisance enjouée.

– Vous ne fêtez pas Noël? lança Merry d'un ton incrédule.

– C'est ce que je viens d'expliquer.

Merry était prompte à porter un jugement; Nora avait appris depuis longtemps à se rebiffer. Elle se raidit, prête à riposter.

– Comment s'y prend-on pour ne pas fêter Noël? insista Merry.

– On le saute, répondit Nora, comme si cela pouvait tout expliquer.

– Merveilleux, glissa Candi.

– Alors, comment allons-nous faire pour le réveillon de Noël? poursuivit Merry.

– Tu trouveras quelque chose, répondit Nora. Il y a d'autres réveillons.

— Pas comme le tien.

— C'est gentil.

— Quand partez-vous ? demanda Candi qui commençait à rêver de sable chaud et d'échapper à sa belle-famille qui allait passer huit jours chez elle.

— Le 25 décembre, vers midi.

Drôle de date, avait-elle pensé quand Luther avait pris les billets. Si nous ne fêtons pas Noël, pourquoi ne pas partir quelques jours plus tôt ? En profiter pour éviter le 24 décembre et toute cette folie ?

Et si Blair appelle la veille de Noël ? avait-il répliqué. De plus, Biff avait obtenu une ristourne de trois cent quatre-vingt-dix-neuf dollars sur le prix du billet : rares étaient ceux qui voyageaient le 25 décembre. En tout état de cause, les billets étaient payés et on ne pouvait plus rien y changer.

— Pourquoi ne pas faire quand même le réveillon de Noël ? insista lourdement Merry qui redoutait de se sentir obligée d'organiser une fête en remplacement de la soirée de Nora.

— Parce que nous ne le voulons pas, Merry. Nous faisons autre chose. Pas de Noël cette année. Rien. Ni sapin, ni dinde, ni cadeaux. Nous gardons l'argent pour nous offrir une croisière de rêve. Tu comprends ?

— Moi, j'ai compris, glissa Candi. J'aimerais que Norman fasse quelque chose de ce genre. Mais jamais cela ne lui viendrait à l'esprit : il aurait trop peur de manquer ses parties de bowling. Si tu savais comme je t'envie, Nora.

Sur ce, Merry prit une bouchée de son sandwich à l'avocat et commença à mastiquer en laissant son

44

regard courir dans la salle. Nora savait exactement ce qui lui trottait par la tête. À qui allait-elle annoncer la nouvelle ? Les Krank ne fêtent pas Noël ! Pas de réveillon ! Pas de sapin ! Ils gardent tout leur argent pour le claquer dans une croisière de luxe.

Nora se mit à manger, elle aussi, sachant que dès qu'elle aurait franchi la porte les langues iraient bon train et qu'avant le dîner toutes ses connaissances seraient au courant. Et après ? se dit-elle. C'était inévitable. Y avait-il de quoi en faire tout un plat ? La moitié des gens seraient dans le camp de Candi, brûlant d'envie et partageant les rêves de Nora. Les autres la condamneraient, comme Merry, et seraient prétendument horrifiés à l'idée de ne pas fêter Noël, mais Nora soupçonnait que la croisière exciterait les convoitises de nombre d'entre eux.

Dans trois mois, qui s'en soucierait ?

Après quelques bouchées, elles repoussèrent leur assiette et se mirent au travail. Pas un autre mot ne fut prononcé sur Noël, du moins en présence de Nora. Sur la route du retour, elle appela Luther pour lui annoncer cette nouvelle victoire.

Luther, de son côté, était passé par des hauts et des bas. Sa secrétaire, Dox, trois divorces à cinquante ans, avait observé d'un ton railleur qu'il lui faudrait sans doute acheter elle-même son parfum bon marché, puisque le père Noël ne passerait pas cette année. Il s'était fait traiter d'harpagon à deux reprises ; chaque fois, l'insulte avait été suivie d'un éclat de rire. Comme c'est original, avait pensé Luther.

En fin de matinée, Yank Slader était entré en trombe dans son bureau, comme s'il était pourchassé par des clients furieux. Après avoir lancé un coup d'œil dans le couloir, il avait pris un siège sans y avoir été invité.

— Tu es un véritable génie, mon vieux, commença-t-il tout bas.

Yank était un spécialiste de l'amortissement ; il avait peur de son ombre et préférait travailler dix-huit heures par jour plutôt que de rester avec une épouse qui lui cherchait querelle pour un oui ou pour un non.

— Bien sûr que je suis un génie, confirma Luther.

— Quand je suis rentré à la maison hier soir, tard, j'ai mis ma femme au lit et j'ai fait la même chose que toi. J'ai épluché mes comptes, décortiqué mes relevés bancaires et je suis arrivé à près de sept mille dollars. Et toi, à combien se montaient les dégâts ?

— Un peu plus de six mille.

— Incroyable ! Et il n'en reste absolument rien. Ça me rend malade.

— Fais une croisière, suggéra Luther, sachant fort bien que la femme de Yank ne donnerait jamais son accord à un projet aussi insensé.

Pour elle, les fêtes de fin d'année commençaient dès les derniers jours d'octobre et tout allait crescendo jusqu'au jour de Noël, un marathon de dix heures avec quatre repas dans la maison pleine à craquer.

— Une croisière, marmonna Yank. Ça ne me tente pas le moins du monde. Coincé dix jours sur un bateau en compagnie d'Abigail; je la pousserais par-dessus bord.

Personne ne t'en voudrait, songea Luther.

— Sept mille dollars, répéta Yank pour lui-même.

— Absolument ridicule, déclara Luther.

Les deux comptables passèrent un moment à se lamenter en silence sur le gaspillage de cet argent durement gagné.

— Ce sera ta première croisière? demanda Yank.

— Oui.

— Je n'en ai jamais fait non plus. Je me demande s'ils acceptent des gens seuls à bord.

— Évidemment. On n'est pas obligé de voyager en couple. Tu envisages une croisière en solitaire, Yank?

— Je ne l'envisage pas, Luther, j'en rêve.

Pendant que Yank s'abandonnait à la rêverie, Luther surprit dans son œil cave une lueur d'espoir, de gaieté, de quelque chose qu'il n'y avait jamais vu. Ses pensées s'envolaient à tire-d'aile vers les Antilles où il savourait des moments merveilleux sans Abigail.

Luther garda le silence pendant que son collègue rêvait, mais la situation finit par devenir légèrement embarrassante. Il fut sauvé par la sonnerie du téléphone qui ramena brutalement Yank aux réalités d'un monde fait de tableaux d'amortissement et d'une épouse acariâtre. Il se leva, se dirigea sans un mot vers la porte. Au moment de sortir, il se retourna.

— Tu es mon héros, Luther, lança-t-il.

Vic Frohmeyer avait eu vent de la rumeur par M. Scanlon, le chef scout, par la nièce de sa femme qui partageait l'appartement d'une vendeuse à temps partiel de La Graine de potiron et par une collègue de l'université dont le frère faisait établir sa déclaration d'impôts par quelqu'un de chez Wiley & Beck. Trois sources distinctes : la rumeur devait être vraie. Krank pouvait faire ce qu'il lui plaisait, mais Vic et les riverains de la rue Hemlock ne resteraient pas les bras croisés.

Frohmeyer était le chef autoproclamé d'Hemlock. Son poste universitaire lui laissait amplement le temps de s'occuper des affaires des autres et son énergie inépuisable le poussait à organiser toutes sortes d'activités pour les habitants de la rue. Sa maison où logeaient six enfants était le lieu de réunion habituel des gamins du voisinage. Les portes restaient ouvertes, il y avait toujours un jeu en cours. La pelouse, en conséquence, avait un aspect défraîchi que Vic s'efforçait de compenser par la beauté de ses plates-bandes.

C'est Frohmeyer qui invitait les candidats aux élections locales à un barbecue dans son jardin pour y exposer leurs engagements. C'est Frohmeyer qui faisait du porte-à-porte pour présenter des pétitions contre un lotissement privé, contre une route à quatre voies trop éloignée ou en faveur d'un nouveau réseau d'évacuation des eaux ménagères. C'est Frohmeyer qui appelait le service de la voirie quand les ordures d'un voisin n'étaient pas ramassées ; et parce que c'était Frohmeyer le problème était rapidement réglé. Quand un chien errant passait dans la rue, Vic Frohmeyer prenait son téléphone et la fourrière envoyait un véhicule. Quand un adolescent aux cheveux longs, avec des tatouages et l'allure louche d'un délinquant traînait dans le voisinage, la police avertie par Frohmeyer venait lui poser quelques questions.

Si un voisin venait à être hospitalisé, les Frohmeyer organisaient les visites, les repas et même l'entretien de sa pelouse. Si quelqu'un venait à mourir, ils s'occupaient des couronnes mortuaires et des déplacements au cimetière. Celui qui avait besoin de quoi que ce soit s'adressait aux Frohmeyer.

Le Frosty sur le toit, c'était l'idée de Vic, même si, après en avoir vu un dans un faubourg d'Evanstown, il ne pouvait s'en attribuer tout le mérite. Le même Frosty sur tous les toits de la rue, un bonhomme de neige de deux mètres cinquante, avec un sourire niais, une pipe en épi de maïs fichée au coin des lèvres, coiffé d'un haut-de-forme noir, le ventre ceinturé d'épais bourrelets, le tout éclairé par une ampoule de deux cents watts vissée dans une cavité près du côlon. Les Frosty d'Hemlock avaient fait leurs débuts six ans auparavant avec une réussite éclatante. Vingt et une maisons d'un côté, vingt et une de l'autre, une rue bordée, à douze mètres de haut, de deux rangées parfaites de Frosty. Une photo en couleur accompagnée d'un article élogieux avait fait la une du quotidien local. Deux équipes de télévision s'étaient déplacées pour faire un reportage en direct.

L'année suivante, les rues Stanton, au sud, et Ackerman, au nord, étaient entrées en lice avec respectivement des rennes – des Rudolph – et des cloches d'argent. Une commission des espaces verts et des loisirs, discrètement sollicitée par Frohmeyer, avait commencé à décerner des prix pour les décorations de Noël.

Deux ans plus tôt, un désastre s'était produit quand une tempête avait précipité la plupart des Frosty aux quatre vents. Frohmeyer avait rallié ses troupes et une nouvelle version du bonhomme de neige, un peu plus courte, décorait les toits d'Hemlock. Deux maisons seulement s'étaient tenues à l'écart.

Frohmeyer choisissait tous les ans la date de la résurrection des Frosty; dès qu'il avait entendu les rumeurs sur la croisière des Krank, il avait décidé de le faire sans délai. Après le dîner, il avait rédigé une note à l'attention de ses voisins, comme cela arrivait au moins deux fois par mois, et envoyé ses six enfants remettre en main propre les quarante et une copies aux résidents d'Hemlock. Le texte était le suivant : « Cher voisin. Le temps devrait être beau pendant la journée de demain, des conditions propices pour ramener Frosty à la vie. Appellez Marty, Judd ou votre serviteur si vous avez besoin d'un coup de main. Vic Frohmeyer. »

Luther prit la feuille que lui tendait un gamin souriant.

— Qui est-ce? cria Nora de la cuisine.

— Frohmeyer.

— Qu'est-ce qu'il veut?

— Frosty.

Quand elle arriva dans le séjour, Luther tenait la demi-feuille de papier comme s'il s'agissait d'une

50

convocation au tribunal. Ils échangèrent un regard empli de crainte ; Luther commença lentement à secouer la tête.

— Il faut le faire, dit Nora.

— Ce n'est pas une obligation, répliqua-t-il d'une voix ferme, la colère montant en lui à chaque mot. Absolument pas. Je ne laisserai pas Vic Frohmeyer m'enjoindre de décorer ma maison pour Noël.

— Ce n'est que Frosty.

— Non, c'est beaucoup plus que ça.

— Quoi ?

— C'est le principe, Nora. Tu ne comprends donc pas ? Nous pouvons nous abstenir de fêter Noël si nous avons décidé de le faire. Merde !

— Ne jure pas, Luther.

— Et personne, pas même Vic Frohmeyer, ne nous en empêchera, poursuivit Luther en haussant encore le ton. On ne m'obligera pas à faire ça !

Le doigt levé au plafond, il brandissait la feuille de l'autre main. Nora battit en retraite dans la cuisine.

5.

Un Frosty était composé de quatre éléments : une large base circulaire, une boule légèrement plus petite qui s'emboîtait dans la base, puis un tronc, enfin la tête et le chapeau. Les éléments pouvant être logés les uns dans les autres, le bonhomme de neige ne prenait pas trop de place les onze mois de l'année où il n'était pas utilisé. Au prix de quatre-vingt-deux dollars et quatre-vingt-dix-neuf cents, port non compris, chacun rangeait son Frosty avec le plus grand soin.

Et chacun le sortait avec joie. Tout au long de l'après-midi, dans la rue Hemlock, des éléments du bonhomme de neige apparurent dans nombre de garages où on les dépoussiérait en s'assurant qu'ils étaient en bon état. Puis on les assemblait, comme on construit un vrai bonhomme de neige, et Frosty, du haut de ses deux mètres, était prêt pour le toit.

Son installation n'était pas une mince affaire. Une échelle et une corde étaient indispensables, ainsi qu'un coup de main d'un voisin. Il fallait d'abord grimper sur le toit, la corde autour de la taille, avant de hisser les vingt kilos du Frosty en plastique, avec précaution, pour éviter les éraflures sur les bardeaux asphaltés. Quand le Frosty atteignait le faîte du toit, on l'attachait à la cheminée à l'aide d'une bande de toile de l'invention de Vic Frohmeyer. Après avoir vissé une lampe de deux cents watts dans les entrailles du bonhomme de neige, on laissait tomber le prolongateur électrique à l'arrière du toit.

Wes Trogdon, un courtier en assurances, avait pris son après-midi pour faire une surprise à ses enfants en étant le premier à monter son Frosty. À peine sorti de table, Wes avait lavé à grande eau le bonhomme de neige, puis, sous la direction de sa femme, Trish, il avait grimpé sur le toit, hissé et mis en place son Frosty. Sa mission accomplie, à douze mètres au-dessus du sol, avec une vue magnifique, il avait regardé des deux côtés d'Hemlock pour constater avec satisfaction qu'il avait pris tout le monde de vitesse, y compris Vic Frohmeyer.

Tandis que Trish préparait un chocolat, Wes commença à transporter de la cave à l'entrée du garage des cartons remplis de guirlandes lumineuses. Il les étala sur l'allée, s'assura que les circuits étaient en bon état. Personne à Hemlock n'exposait autant de guirlandes que les Trogdon. Ils en tendaient sur le pourtour du jardin, en enroulaient autour des arbustes, en drapaient les arbres, marquaient les angles de la maison, ornaient les fenêtres : quatorze mille ampoules l'année précédente.

Rentré de bonne heure afin de superviser les travaux de décoration de la rue, Frohmeyer fut satisfait de voir qu'il y avait de l'activité. Il éprouva un pincement de jalousie en constatant que Trogdon l'avait coiffé sur le poteau, puis il se dit que cela n'avait pas grande importance. Quelques minutes plus tard, ils se retrouvèrent devant la maison de Mme Ellen Mulholland, une charmante veuve; de la cuisine s'échappait la bonne odeur des brownies sortant du four. Le Frosty fut installé en un rien de temps, les brownies dévorés encore plus vite et ils partirent prêter main-forte à qui le demanderait. Parmi les enfants qui se joignirent à eux se trouvait Spike Frohmeyer, le fils de Vic, âgé de douze ans, qui avait hérité de son père le sens de l'organisation et de la vie associative. Ils allèrent de porte en porte toute la fin de l'après-midi, se dépêchant avant la tombée du jour.

Spike sonna chez les Krank; pas de réponse. La Lexus de Luther n'était pas là, ce qui, à 17 heures, n'avait rien d'inhabituel. Mais l'Audi de Nora se trouvait dans le garage, le signe indiscutable qu'elle était chez elle malgré les rideaux et les stores tirés. Comme personne ne répondait, le petit groupe se présenta chez les Becker, où Ned lavait son Frosty tandis que sa belle-mère, plantée sur le seuil, aboyait des instructions.

— Ils s'en vont, souffla Nora dans le combiné de la chambre.

– Pourquoi parles-tu si bas? demanda Luther avec agacement.

– Je ne veux pas qu'ils entendent.

– Qui était là?

– Spike Frohmeyer, Wes Trogdon et un autre, peut-être Brixley, celui qui habite au bout de la rue. Deux ou trois gamins.

– Une dangereuse bande de voyous.

– Tu dis n'importe quoi. Ils sonnent chez les Becker.

– Les pauvres!

– Où est Frosty? demanda Nora.

– Il n'a pas bougé depuis le mois de janvier. Pourquoi?

– Comme ça.

– Je trouve cette situation comique, Nora. Tu es en train de chuchoter au téléphone dans une maison fermée à double tour, parce que nos voisins proposent leur aide de porte en porte pour installer sur les toits un ridicule bonhomme de neige en plastique qui, entre nous soit dit, n'a absolument rien à voir avec Noël. As-tu pensé à ça, Nora?

– Non.

– Nous avions voté en faveur de Rudolph, tu t'en souviens?

– Non.

– Je trouve ça comique.

– Ça ne me fait pas rire.

– Cette année, Frosty part en vacances. La réponse est non, Nora.

Luther raccrocha doucement et essaya de se concentrer sur son travail. À la nuit tombée, il rentra chez lui en se répétant pendant tout le trajet qu'il était stupide de se prendre la tête pour quelque chose d'aussi dérisoire qu'un bonhomme de neige sur un toit. Et pendant tout le trajet il pensa à Walt Scheel.

— Allez, Scheel, murmura-t-il à plusieurs reprises, ne me laisse pas tomber.

Walt Scheel, un grincheux habitant la maison d'en face, était son rival à Hemlock. Deux enfants ayant terminé leurs études, une épouse luttant contre un cancer du sein, un poste mystérieux au sein d'un conglomérat belge, des revenus qui, pour Hemlock, devaient se situer dans le haut de la fourchette. Quel que fût son salaire, Walt et madame cherchaient à convaincre les voisins qu'il gagnait bien plus. Quand Luther avait acheté une Lexus, Scheel en avait aussitôt commandé une, quand Bellington avait fait creuser une piscine, Scheel avait éprouvé le besoin, sur le conseil de son médecin, de nager dans son jardin. Sue Kropp, la dernière maison de la rue à l'ouest, avait refait sa cuisine à neuf – pour huit mille dollars, à ce qu'on murmurait ; Bev Scheel en avait dépensé neuf mille, six mois plus tard, pour les mêmes travaux.

La cuisine de la pauvre Bev, aux dires de certains invités, était encore pire avec les nouveaux appareils électroménagers.

Le sentiment de supériorité des Scheel avait subi un coup d'arrêt brutal dix-huit mois plus tôt, quand le cancer du sein de Bev avait été diagnostiqué. Ils étaient revenus à beaucoup plus d'humilité. Faire mieux que le voisin avait perdu toute importance ; les biens matériels ne comptaient plus. Ils avaient affronté la maladie avec une dignité discrète et Hemlock, comme il se devait, leur avait apporté le soutien d'une véritable famille. Un an après la première chimio, à la suite d'une restructuration du groupe belge, le poste de Walt avait dégringolé dans l'organigramme.

L'année précédente, les Scheel étaient trop inquiets pour s'occuper des décorations de Noël. Pas de Frosty sur le toit, un pauvre sapin, juste une guirlande pour encadrer la fenêtre de la façade, presque à regret.

Une seconde maison n'avait pas son Frosty. Elle appartenait à un couple de Pakistanais qui y avait passé trois mois avant de s'installer ailleurs ; elle était à vendre. Frohmeyer avait sérieusement envisagé de faire l'acquisition d'un nouveau Frosty et de mener un raid nocturne pour installer le bonhomme de neige sur le toit.

– Je compte sur toi, Scheel, pour garder ton Frosty à la cave, murmura Luther entre ses dents.

L'idée du bonhomme de neige en plastique avait paru amusante quand Frohmeyer l'avait lancée, six ans plus tôt. C'était devenu barbant, sauf pour les gamins de la rue. Luther s'était secrètement réjoui l'année où les Frosty avaient été emportés par les rafales de vent.

En tournant dans sa rue, il découvrit deux rangées de bonshommes de neige identiques posés sur les toitures telles des sentinelles lumineuses. Il n'y avait que deux trous dans leurs rangs : les Scheel et les Krank.

58

« Merci, Scheel », murmura Luther. Des enfants passaient à bicyclette ; des voisins tendaient des guirlandes ou discouraient par-dessus les haies bordant les pelouses.

En descendant de voiture, avant de rentrer en hâte chez lui, Luther remarqua qu'un groupe s'était formé dans le garage des Scheel. Quelques minutes plus tard, comme il le redoutait, une échelle fut dressée contre le mur de façade et Frohmeyer grimpa tel un couvreur chevronné. Épiant à travers le store de la porte d'entrée, Luther distingua Walt Scheel devant sa maison, entouré d'une dizaine de personnes ; enveloppée dans un grand manteau, Bev se tenait sur les marches. Spike Frohmeyer était aux prises avec une rallonge. Des cris et des rires retentissaient, tout le monde semblait donner en même temps des instructions à Vic tandis que l'avant-dernier Frosty d'Hemlock était hissé sur le toit.

Chez les Krank, pendant le dîner, devant les pâtes sans sauce et le fromage blanc égoutté, la conversation fut languissante. Nora avait perdu un kilo et demi, Luther deux. Après la vaisselle, il descendit faire cinquante minutes de marche sur le tapis de jogging ; il brûla trois cent quarante calories, plus que son repas ne lui en avait apporté. Puis il prit une douche et ouvrit un livre.

Quand la rue fut vide, il sortit faire un tour. Il ne vivrait pas comme un prisonnier dans sa propre maison. Il ne se cacherait pas de ses voisins ; il n'avait rien à craindre d'eux.

En admirant les deux rangées de bonshommes de neige qui montaient la garde au-dessus de la rue tranquille, il éprouva un vague sentiment de culpabilité. Les Trogdon continuaient d'entasser des ornements sur leur sapin. La scène fit remonter à la mémoire de Luther des souvenirs lointains de l'enfance de Blair et de cette époque révolue. Luther ne cultivait pas la nostalgie : on vit dans le présent, pas dans l'avenir, encore moins dans le passé. Les douces images laissèrent rapidement la place à des pensées plus matérielles : achats, embarras de circulation, dépenses pour le voyage. Luther était fier de sa décision.

Une bicyclette surgissant de l'ombre s'arrêta à sa hauteur.

— Bonsoir, monsieur Krank.

C'était Spike Frohmeyer, qui devait rentrer chez lui après un rendez-vous clandestin; il dormait moins que son père et ses équipées nocturnes faisaient jaser. C'était un bon garçon, laissé trop souvent sans surveillance.

— Bonsoir, Spike, répondit Luther, sur ses gardes. Qu'est-ce que tu fais dehors à cette heure?

— Je faisais un tour pour vérifier quelque chose, déclara le gamin comme s'il était le veilleur de nuit attitré de la rue.

— Qu'est-ce que tu vérifiais, Spike?

— Mon père m'a envoyé voir combien de Rudolph étaient en place dans la rue Stanton.

Luther décida d'entrer dans son jeu.

— Combien?

— Pas un seul. On les a encore pris de vitesse.

On va fêter cette grande victoire chez les Frohmeyer, songea Luther. Dérisoire!

60

– Vous allez installer votre Frosty, monsieur Krank?

– Non, Spike. Cette année, nous partons en voyage. Pas de Noël pour nous.

– Je ne savais pas qu'on pouvait faire ça.

– Nous vivons dans un pays libre, Spike ; nous pouvons faire à peu près tout ce que nous voulons.

– Vous ne partez que le 25 décembre, répliqua Spike.

– Quoi?

– À midi, d'après ce que j'ai entendu. Vous avez largement le temps d'installer votre Frosty. Comme ça, on recevra encore une fois la récompense.

Interloqué, Luther s'étonna de la vitesse à laquelle la vie privée de chacun était livrée en pâture au voisinage

– On accorde trop d'importance à cette distinction, Spike, reprit-il avec sagesse. Laissons-la à une autre rue cette année.

– Peut-être.

– Allez, file.

– Au revoir, lança Spike par-dessus son épaule en s'éloignant.

Le père du gamin était en embuscade un peu plus loin.

– Bonsoir, Luther, fit Vic comme si la rencontre était fortuite.

Il était appuyé contre sa boîte aux lettres, au bord de son allée.

– Bonsoir, Vic, répondit Luther.

Il faillit s'arrêter, décida au dernier moment de poursuivre sa route. Il s'écarta pour éviter Frohmeyer qui lui emboîta le pas.

— Comment va Blair ?

— Bien, Vic, merci. Et tes enfants ?

— En pleine forme. C'est la meilleure période de l'année, tu ne crois pas ?

Frohmeyer était revenu à sa hauteur ; ils marchaient maintenant de front.

— Absolument. Je me sens parfaitement heureux. Mais Blair nous manque ; sans elle, ce ne sera pas pareil.

— Bien sûr.

Ils s'arrêtèrent devant chez les Becker ; en équibre instable sur le dernier degré de son escabeau, le pauvre Ned essayait vainement d'accrocher une énorme étoile à la plus haute branche du sapin. Sa femme se tenait derrière lui, l'abreuvant de conseils sans l'aider en soutenant l'escabeau. La belle-mère avait pris du recul ; elle observait la scène du fond de la pièce. Ils allaient bientôt en venir aux mains.

— Il y a certains aspects de Noël que je ne regretterai pas, affirma Luther.

— C'est donc vrai, tu ne vas pas fêter Noël ?

— Exactement, Vic. J'aimerais avoir votre soutien.

— Je ne sais pas pourquoi, cela ne me semble pas bien.

— Ce n'est pas à toi d'en décider.

— En effet.

— Bonne nuit, Vic.

Luther le planta là, après un dernier regard amusé en direction des Becker.

6.

La réunion de fin de matinée au centre d'accueil pour femmes battues se termina mal.

– Alors, Nora, pas de réveillon de Noël, cette année ? lança sans réfléchir Claudia, une connaissance, même pas une amie.

Sur les huit femmes présentes, quatre avaient été invitées chez Nora les années précédentes. Les trois autres, tout comme Nora, auraient voulu rentrer sous terre.

Sale petite vipère, pensa Nora. Mais elle réussit à répondre comme si de rien n'était.

– Je crains que non. Nous ne serons pas là.

Elle avait envie d'ajouter : Et s'il doit y avoir un prochain réveillon, très chère Claudia, ne te fatigue pas à attendre une invitation.

– Il paraît que vous partez en croisière, glissa

Jayne, une des trois qui n'avaient jamais été invitées, pour changer de sujet de conversation.

– Oui, le 25 décembre.

– Ainsi, vous supprimez purement et simplement Noël, observa Beth, une autre connaissance, invitée tous les ans uniquement parce que le cabinet de son mari travaillait avec Wiley & Beck.

– Nous supprimons tout, répondit sèchement Nora, l'estomac noué.

– Un bon moyen pour ne pas dépenser d'argent, ajouta Lila, la plus mauvaise langue de la bande.

La manière dont elle insista sur le mot argent donnait à entendre qu'on se serrait peut-être la ceinture chez les Krank. Le rouge monta aux pommettes de Nora. Le mari de Lila était pédiatre ; Luther savait de source sûre qu'ils étaient criblés de dettes : grande maison, grosses voitures, country clubs. Ils gagnaient beaucoup, dépensaient encore plus.

Elle se demanda ce que Luther faisait pendant qu'on la malmenait. Pourquoi était-ce à elle de supporter le plus fort des critiques contre son projet insensé ? Pourquoi se trouvait-elle en première ligne tandis qu'il restait tranquillement dans son bureau avec des gens qui travaillaient pour lui ou avaient peur de lui ? Ils formaient chez Wiley & Beck une bande de comptables vieux jeu, près de leurs sous, qui devaient lever leur verre au courage dont Luther faisait montre en échappant à Noël tout en mettant un peu d'argent de côté. Si sa bravade devait faire école, ce serait certainement dans les cabinets d'experts-comptables. À elle d'essuyer les plâtres pendant que Luther restait tranquillement dans son bureau en jouant probablement les héros.

Noël était l'affaire des femmes, pas des hommes. Elles effectuaient les achats, s'occupaient de la décoration et de la cuisine, organisaient les soirées et rédigeaient les cartes de vœux, se faisaient du souci pour des choses auxquelles les hommes ne pensaient même pas. Pourquoi Luther tenait-il tellement à se dérober aux fêtes de Noël alors que cela lui coûtait si peu ?

Nora bouillait, mais elle réussit à se contenir. À quoi bon déclencher une bagarre générale dans un centre d'accueil pour femmes battues ?

Quelqu'un proposa de lever la séance ; Nora fut la première à sortir.

Sur le chemin du retour, elle ne décoléra pas, assaillie de mauvaises pensées contre Lila et son allusion à la situation financière des Krank. Et de pensées encore plus horribles contre Luther et son égoïsme.

Elle fut tentée de baisser les bras, de faire des courses et de terminer la décoration de la maison au retour de son mari. Le sapin de Noël pouvait être prêt en deux heures ; il n'était pas trop tard pour organiser le réveillon. Frohmeyer se ferait un plaisir d'installer leur Frosty. Limiter les cadeaux, réduire quelques autres dépenses et il leur resterait largement de quoi payer la croisière.

En tournant dans Hemlock, elle remarqua aussitôt qu'une seule maison n'avait pas son bonhomme de neige sur le toit. Un grand merci à Luther. Leur jolie petite maison en brique de deux étages se distinguait des autres, comme si les Krank étaient des hindous ou des bouddhistes, des adeptes d'une religion qui ne célébrait pas la naissance du Christ.

Nora s'arrêta dans la salle de séjour pour regarder par la fenêtre dans l'axe de l'endroit où se dressait toujours un beau sapin de Noël ; pour la première fois, elle fut frappée par l'absence de chaleur et la nudité de sa maison. Elle saisit le combiné en se mordant les lèvres ; Luther était sorti pour manger un sandwich. Dans le courrier rapporté de la boîte aux lettres, entre deux enveloppes contenant des cartes de vœux, elle découvrit quelque chose qui lui fit battre le cœur. Une lettre par avion, du Pérou, portant un cachet d'oblitération en espagnol.

Nora s'assit avant d'ouvrir fébrilement l'enveloppe. Elle prit deux feuilles couvertes de l'écriture élégante de Blair ; les mots lui firent chaud au cœur.

Blair était follement heureuse dans ses montagnes du Pérou. Tout allait pour le mieux dans sa tribu indienne établie dans ce coin reculé depuis plusieurs milliers d'années. Ils étaient très pauvres – d'après nos critères –, mais pleins de santé et de joie de vivre. Au début, les enfants gardaient leurs distances, puis ils étaient venus à elle et se montraient désireux d'apprendre. Blair s'étendait sur le sujet des enfants.

Elle vivait dans une hutte de branchages avec Stacy, sa nouvelle amie originaire de l'Utah. Les deux autres bénévoles du Peace Corps partageaient la hutte voisine ; la petite école était ouverte depuis quatre ans. Bref, elle était en pleine forme et elle mangeait bien, il n'y avait ni maladies graves ni animaux sauvages à craindre et son travail la passionnait.

Nora trouva dans la lecture du dernier paragraphe la note de réconfort dont elle avait tellement besoin.

Je sais que ce sera difficile de passer Noël sans moi, mais je ne veux pas que vous soyez tristes. Mes enfants n'ont jamais entendu parler de Noël. Ils ont si peu, demandent si peu que j'ai honte du matérialisme aveugle de notre culture. Nous n'avons ici ni calendriers ni montres ; je ne suis même pas sûre de savoir quand auront lieu les fêtes.
Et nous nous rattraperons l'année prochaine, hein ?

Elle est si intelligente, se dit Nora. En relisant la lettre, elle se sentit envahie par une grande fierté, non seulement d'avoir élevé une fille si réfléchie et si mûre, mais de sa propre décision de renoncer, au moins pour un an, au matérialisme aveugle.

Elle rappela Luther, lui lut la lettre au téléphone.

Un lundi soir au centre commercial. Luther aurait préféré être ailleurs, mais il avait senti que Nora avait besoin de sortir. Après avoir dîné dans un faux pub, ils avaient joué des coudes pour gagner le complexe multisalles, à l'autre bout du centre commercial, où était projetée une comédie romantique avec une belle affiche. Huit dollars le billet pour s'ennuyer deux heures, Luther le savait, à regarder des comiques aux cachets extravagants rire bêtement au long d'une intrigue débile. Mais Nora adorait aller au cinéma et il se faisait violence pour l'accompagner. Malgré l'affluence, la salle était déserte ; quand il comprit que tout le monde était venu faire ses achats de Noël, Luther sentit un frisson de plaisir le parcourir. Il s'enfonça dans son siège, son paquet de pop-corn à la main, et s'endormit.

Un coup de coude dans les côtes le réveilla.

— Tu ronfles! lança Nora entre ses dents.

— Quelle importance? Il n'y a personne.

— Tais-toi, Luther.

Il essaya de regarder le film; au bout de cinq minutes, il en avait assez. Il se leva en murmurant : « Je reviens. » Il préférait être pris dans la foule et se faire marcher sur les pieds plutôt que de regarder cette ineptie. Il emprunta l'escalier mécanique pour monter au niveau supérieur; accoudé à la rambarde, il observa la cohue grouillante. Devant un père Noël juché sur un trône, la file avançait lentement. Sur la patinoire où des haut-parleurs crachotaient une musique assourdissante des enfants en costume de lutin tournaient autour d'un animal empaillé qui ressemblait à un renne. Les parents, l'œil collé à un caméscope, ne perdaient rien de leurs évolutions. Des clients harassés, à la démarche pesante, trimbalaient de gros sacs, se bousculaient, tançaient leurs gamins.

Jamais Luther n'avait été plus fier de lui.

Il vit au loin un nouveau magasin d'articles de sport. Il se dirigea vers l'entrée, remarquant au passage qu'il y avait du monde et pas assez d'employés aux caisses. Mais il voulait juste jeter un coup d'œil. Il trouva le matériel de plongée au fond de la boutique, un choix réduit; on était en décembre. Les maillots de bain, des Speedo d'une stupéfiante étroitesse, étaient à l'évidence destinés à des sélectionnés olympiques de moins de vingt ans. Luther avait peur de les toucher ; il allait prendre un catalogue et commander tranquillement de chez lui.

Au moment où il sortait du magasin, une altercation éclata à une caisse. Les imbéciles.

Il acheta un yaourt à 0 % et tua le temps en flânant dans la galerie supérieure, avec un petit sourire ironique devant ces malheureux qui s'échinaient à claquer leur paie. Il s'arrêta devant une affiche pour dévorer des yeux une jeune beauté grandeur nature en string, à la peau merveilleusement hâlée. Elle l'invitait à entrer dans un petit salon de bronzage portant le nom de Hâle éternel. Il lança un regard circulaire, comme s'il s'agissait d'un sex-shop, entra prestement. Daisy attendait derrière une revue. Elle ébaucha un sourire peu naturel et la peau de son visage donna l'impression de se craqueler le long du front et autour des yeux. Elle avait les dents blanchies, les cheveux éclaircis, la peau brunie ; Luther se demanda fugitivement à quoi elle ressemblait avant les travaux.

Daisy affirma évidemment que c'était le meilleur moment de l'année pour prendre leur forfait ; la promotion de Noël offrait douze séances pour soixante dollars. Une séance tous les deux jours, quinze minutes pour commencer, augmentation progressive jusqu'à vingt-cinq maximum. À la fin du forfait, Luther serait magnifiquement bronzé et prêt à affronter le feu du soleil des Caraïbes.

Il la suivit jusqu'à une rangée de cabines, des locaux exigus contenant un gaufrier et pas grand-chose d'autre. L'institut proposait un appareil dernier cri, le BronzeMat FX-2000, en provenance directe de Suède, comme si les Suédois entendaient quelque chose au bronzage. À la vue de l'appareil, Luther fut horrifié. Daisy expliqua qu'il suffisait de se déshabiller – entièrement, précisa-t-elle d'une voix roucoulante –, de se glisser à l'intérieur et de refermer le couvercle. Vraiment comme un gaufrier, songea Luther. On cuit quinze à vingt minutes, un signal sonore retentit, on sort et on se rhabille. Rien de sorcier.

– Est-ce qu'on transpire beaucoup ? demanda Luther, luttant contre la vison de lui-même, exposé, nu comme un ver, au rayonnement de quatre-vingts lampes.

Daisy reconnut que cela chauffait ; elle expliqua qu'il suffisait, à la fin de la séance, de nettoyer le matelas pour le client suivant. Un coup de vaporisateur, des serviettes en papier, le tour était joué.

– Et le cancer de la peau ?

Daisy partit d'un rire forcé. Aucun danger. Avec le matériel ancien, peut-être, avant qu'on perfectionne la technologie permettant de supprimer pratiquement les rayons ultraviolets et les autres radiations. Le nouveau BronzeMat était en réalité plus sûr que le soleil. Elle-même soignait son hâle depuis onze ans.

Voilà pourquoi sa peau ressemble à un cuir racorni, songea Luther.

Il prit deux forfaits pour cent vingt dollars et sortit, résolu à bronzer malgré les désagréments prévisibles. Il étouffa un petit rire en se représentant Nora en train de se déshabiller entre les parois minces comme du papier à cigarette des cabines et de s'introduire dans le BronzeMat.

7.

L'officier de police s'appelait Salino ; il passait tous les ans. Corpulent, il ne portait ni gilet ni arme de service, ni gaz incapacitant ni matraque, ni torche ni balle en argent, ni menottes ni radio, aucun des instruments réglementaires que ses collègues aimaient à exhiber à leur ceinture ou sur leur uniforme. Salino était boudiné dans le sien, mais comme on l'avait toujours vu mal fagoté, personne n'y prêtait attention. Il patrouillait dans les quartiers résidentiels du sud-est, les environs d'Hemlock, où les rares délits étaient un vol de bicyclette ou un excès de vitesse.

Ce soir-là, Salino était accompagné d'un jeune costaud aux mâchoires serrées, une boule de muscles saillant du col entrouvert de sa chemise bleue. Treen – tel était son nom – portait tout le barda dont Salino se dispensait.

Quand Luther les vit par le store de la porte d'entrée en train d'écraser sa sonnette, il pensa aussitôt à Frohmeyer. Vic pouvait faire venir la police à Hemlock plus rapidement que n'importe qui.

Il ouvrit la porte, les accueillit avec la politesse de rigueur et les invita à entrer. Il n'avait pas envie de les recevoir, mais ils ne partiraient pas avant que le rituel soit accompli. Treen tenait à la main le tube blanc contenant le calendrier.

Nora qui regardait la télévision avec son mari avait disparu au premier coup de sonnette; Luther savait qu'elle était cachée dans la cuisine, derrière la porte à deux battants, et qu'elle ne perdrait pas un mot de ce qui se dirait.

Salino fit les frais de la conversation. Luther se dit que son équipier musculeux devait avoir un vocabulaire limité. L'Association de bienfaisance de la police mettait cette année encore tout en œuvre pour offrir des tas de choses merveilleuses à la population : jouets pour les plus petits, paniers de victuailles pour les nécessiteux, rencontres avec le père Noël, découverte du patinage sur glace, visite du zoo. Elle offrait aussi des cadeaux aux personnes âgées en maison de retraite et aux anciens combattants en maison de santé. Luther trouva que Salino avait peaufiné sa présentation depuis l'année précédente.

Pour couvrir une partie des frais occasionnés par ses nobles projets, l'Association de bienfaisance de la police avait réalisé son habituel calendrier qui, cette fois encore, présentait certains de ses membres photographiés dans leurs différentes activités au service de la collectivité. C'était le moment pour Treen de sortir le grand calendrier destiné à Luther, de le dérouler et d'en tourner les pages à mesure que Salino expliquait les images. Pour janvier un officier de police arborant un large sourire faisait traverser la rue à des enfants de maternelle. Pour février un autre policier, encore plus baraqué que Treen, aidait un automobiliste à changer un pneu ; en plein effort, le policier avait réussi à sourire à l'objectif. Pour mars c'était une photo de nuit, sur le lieu d'un accident, où trois hommes en uniforme s'entretenaient, la mine grave, à la lumière des gyrophares.

Luther admira les photos en silence pendant que les mois défilaient.

Qu'étaient devenus les slips en imitation léopard ? avait-il envie de demander. Et le sauna ? Et le maître nageur ne portant en tout et pour tout qu'une serviette autour de la taille ? Trois ans plus tôt, désireuse de rajeunir son image, l'Association avait publié un calendrier rempli de photographies de ses membres les plus jeunes et les plus minces quasiment nus. La moitié d'entre eux souriait niaisement tandis que l'autre arborait une expression torturée copiée dans les magazines de mode. Ces photos en tenue érotique avaient fait les gros titres du quotidien local.

Un scandale avait éclaté. Les protestations affluant à l'hôtel de ville avaient mis le maire en fureur ; le directeur de l'Association s'était fait virer. Les calendriers non distribués avaient été brûlés devant les caméras de la chaîne de télévision locale, en direct !

Nora, qui gardait les calendriers des Krank à la cave, en avait profité toute l'année.

75

Le calendrier des culturistes avait été un désastre financier, mais il avait suscité un vif intérêt l'année suivante. Les ventes avaient presque doublé.

Luther achetait le calendrier de la police tous les ans, parce que cela se faisait. Curieusement, il n'y avait pas de prix fixe pour les calendriers, du moins pour ceux qui étaient distribués en main propre par les Salino et les Treen. Leur intervention personnelle coûtait un peu plus cher et on attendait de gens comme Luther qu'ils mettent la main à la poche, simplement parce que cela se faisait. Luther ne supportait pas qu'on lui force la main. L'année précédente, il avait remis un chèque de cent dollars à l'ordre de l'Association ; pas cette année.

Il attendit que Salino ait terminé son laïus.

— Je n'en ai pas besoin, déclara-t-il crânement.

Salino pencha la tête sur le côté comme s'il avait mal compris. Les muscles se gonflèrent sur le cou de Treen. Un sourire narquois flotta sur les lèvres de Salino. Tu n'en as peut-être pas besoin, disait ce sourire, mais tu l'achèteras quand même.

— Pourquoi donc ? demanda-t-il.

— J'ai déjà des calendriers pour l'année prochaine, répondit Luther.

Première nouvelle ! s'étonna Nora qui se rongeait un ongle en retenant son souffle.

— Pas comme ça, articula Treen d'une voix sourde.

D'un regard, Salino l'invita à se taire.

— J'ai deux calendriers au cabinet et deux sur mon bureau, expliqua Luther. Nous en avons un dans la cuisine, près du téléphone. Ma montre me donne la date exacte, mon ordinateur aussi. Je n'ai pas raté une seule journée depuis des années.

— Nous réunissons des fonds pour les enfants handicapés, monsieur Krank, reprit Salino d'une voix légèrement éraillée.

Nora sentit les larmes lui monter aux yeux.

— Nous donnons de l'argent aux enfants handicapés, riposta Luther. Avec nos impôts et par nos dons à une association et à notre église nous contribuons à soulager les malheureux.

— Vous n'êtes pas fiers de vos policiers ? lança Treen, répétant sans doute une phrase qu'il avait entendue dans la bouche de Salino.

Luther se retint ; la moutarde lui montait au nez. Comme si sa fierté des forces de police locales se mesurait à l'achat d'un calendrier ! Comme si arroser les deux gardiens de l'ordre plantés au milieu de son salon était la preuve du soutien indéfectible de Luther Krank à la police.

— J'ai payé l'an dernier treize cents dollars de taxes locales, reprit-il en braquant sur le jeune Treen des yeux étincelants de colère. Une partie de cette somme sert à payer votre salaire. Une autre va aux pompiers, aux secouristes, aux instituteurs, aux éboueurs, aux balayeurs, au maire et à ses nombreux collaborateurs, aux juges, aux huissiers, aux gardiens de prison, à tous les gratte-papier de l'hôtel de ville, à tous les employés de l'hôpital de la Miséricorde. Ils font du bon boulot. Vous aussi, monsieur, vous faites du bon boulot. Je suis fier de tous nos fonctionnaires municipaux. Mais quel rapport avec un calendrier ?

Jamais on n'avait présenté les choses à Treen d'une manière si logique ; il ne trouva rien à répliquer. Salino non plus. Un silence tendu s'ensuivit.

Rien d'intelligent ne lui venant à l'esprit, Treen se laissa à son tour gagner par la colère. Il décida de relever le numéro d'immatriculation de la voiture de Krank et de rester en faction au bord de la route, dans l'espoir de le voir commettre un excès de vitesse ou brûler un stop. Faire signe au véhicule de se ranger, attendre une remarque ironique du conducteur, l'obliger à descendre et à se pencher sur le capot sous le regard curieux des autres automobilistes, lui passer les menottes et l'embarquer.

Un sourire joua sur les lèvres de Treen à ces pensées enchanteresses. Salino, lui, ne souriait pas. Il avait eu vent des projets farfelus de Luther Krank pour Noël ; Frohmeyer lui en avait parlé. En passant en voiture la veille au soir, il avait vu la maison sans décorations, ni Frosty ; la seule, paisible mais si différente.

— Je regrette que vous preniez les choses de cette manière, déclara Salino avec une pointe de tristesse dans la voix. Nous essayons seulement de récolter un peu plus d'argent pour venir en aide aux enfants dans le besoin.

Nora faillit sortir de sa cuisine en s'écriant : « Je vous fais un chèque ! Donnez-moi le calendrier. » Elle se retint, sachant que les conséquences seraient fâcheuses.

Luther hocha la tête, les mâchoires serrées ; la résolution se lisait dans ses yeux. Avec des gestes théâtraux, Treen entreprit d'enrouler le calendrier qu'il allait devoir fourguer à quelqu'un d'autre. Crissant sous ses grosses pattes, le bloc de feuillets se rapetissa. Quand il fut de la grosseur d'un manche à balai, Treen le glissa dans le tube qu'il reboucha. La cérémonie terminée, il était temps de se retirer.

– Joyeux Noël, glissa Salino.

– La police parraine-t-elle toujours l'équipe de softball pour les orphelins ? demanda Luther.

– Bien sûr, répondit Treen.

– Alors, revenez au printemps. Je donnerai cent dollars pour les maillots.

Cela ne contribua en rien à apaiser les deux policiers. Incapables de se forcer à articuler un merci, ils ne purent qu'incliner la tête en échangeant un regard.

Luther les raccompagna dans un silence glacial, à peine troublé par le tapotement irritant du tube que Treen cognait contre sa jambe, tel un flic désœuvré, la matraque à la main, en quête d'une victime.

– Ce n'était qu'une affaire de cent dollars, lança Nora avec aigreur en revenant dans le séjour.

Caché derrière les rideaux, Luther s'assurait que les policiers vidaient les lieux.

– Non, ma chère, c'est beaucoup plus que cela, répliqua-t-il d'un air entendu, comme s'il était seul en mesure de démêler une situation d'une grande complexité. Tu n'as pas envie d'un yaourt ?

Pour un ventre affamé, l'idée de nourriture fait oublier tout le reste. Le soir, ils s'offraient un moment de plaisir avec un petit pot de substance fadasse, sans matières grasses, au goût artificiel de fruits, qu'ils savouraient comme si ce devait être leur dernier repas. Luther avait perdu trois kilos et demi, Nora presque trois.

Ils parcouraient le quartier dans une camionnette à plateau découvert, attendant qu'une occasion se présente. Ils étaient dix à l'arrière, appuyés sur des balles de foin, à chanter à gorge déployée. Sous les couvertures, on se tenait la main, on effleurait une cuisse, rien de bien méchant. N'appartenaient-ils pas à l'Église luthérienne ? Le chef de chœur était au volant, à côté de l'épouse du pasteur, qui tenait l'orgue le dimanche matin.

Le pick-up tourna dans Hemlock ; une cible apparut rapidement. Le véhicule ralentit en approchant de la maison sans décorations des Krank. Par chance, Walt Scheel était devant chez lui, aux prises avec une rallonge à qui il manquait deux ou trois mètres pour relier l'alimentation électrique du garage à ses buis autour desquels il avait soigneusement enroulé quatre cents ampoules vertes flambant neuves. Puisque Krank renonçait aux décorations de Noël, lui, Scheel, avait décidé de forcer la dose.

Le pick-up s'arrêta à la hauteur de Walt.

– Il n'y a personne ? demanda la conductrice en indiquant de la tête la maison des Krank.

– Si. Pourquoi ?

– Nous chantons des chants de Noël. Nous sommes avec un groupe de jeunes de l'église luthérienne St. Mark.

Un sourire éclaira le visage de Walt Scheel qui lâcha son prolongateur électrique. Parfait, se dit-il. Et Krank qui s'imagine pouvoir échapper à Noël.

— Ils sont juifs? poursuivit la conductrice.

— Non.

— Bouddhistes ou quelque chose de ce genre?

— Pas du tout. En fait, ils sont méthodistes. Ils essaient cette année d'escamoter Noël.

— De faire quoi?

— Vous avez bien entendu, affirma Scheel, tout sourire, en se penchant vers la portière. C'est un drôle de numéro. Il ne fête pas Noël pour mettre de l'argent de côté et s'offrir une croisière.

Le chef de chœur et la femme du pasteur lancèrent un long regard en direction de la maison des Krank. À l'arrière les enfants avaient cessé de chanter; ils ne perdaient pas un mot de la conversation. On pesait le pour et le contre.

— Je pense que quelques chants de Noël leur feraient le plus grand bien, reprit Scheel avec affabilité. Allez-y.

Le plateau du pick-up se vida; les chanteurs sautèrent sur le trottoir. Ils traversèrent la rue, s'arrêtèrent devant la boîte aux lettres des Krank.

— Plus près, s'écria Scheel. Ils n'y verront pas d'inconvénient.

Les chanteurs s'alignèrent devant la maison, près du parterre préféré de Luther. Scheel rentra précipitamment chez lui en criant à Bev d'appeler Frohmeyer.

Luther était en train de racler son pot de yaourt quand un tintamarre tout proche le fit sursauter. Les chanteurs attaquèrent fort en entonnant à pleine gorge le premier couplet de *Que Dieu demeure en vous, hommes heureux*. Les Krank baissèrent machinalement la tête, puis ils sortirent en hâte de la cuisine, tout courbés, Luther ouvrant la marche, Nora sur ses talons. Par bonheur, les rideaux du séjour étaient tirés.

Les choristes agitèrent joyeusement les mains quand ils virent apparaître la tête de Luther.

— Des petits chanteurs de Noël, soupira-t-il. Ils sont juste à côté de nos genévriers.

— Comme c'est gentil, fit doucement Nora.

— Gentil? Il y a violation de domicile. C'est un coup monté.

— Ne parle pas de violation de domicile, Luther.

— Bien sûr que si. Ils sont entrés chez nous sans y avoir été invités. Quelqu'un leur a demandé de venir, sans doute Frohmeyer ou Scheel.

— Ce sont des petits chanteurs de Noël, insista Nora d'une voix apaisante.

— Je sais ce que je dis.

— Tu n'as qu'à appeler tes amis de la police.

— Je vais peut-être le faire, répliqua Luther, l'air songeur, en écartant légèrement le rideau.

— Il n'est pas trop tard pour acheter un calendrier.

La tribu des Frohmeyer accourut au grand complet, Spike conduisant la meute sur son skateboard. Quand ils eurent pris place derrière les chanteurs, les Trogdon, attirés par le bruit, vinrent se joindre à la foule. Puis ce fut le tour des Becker, la belle-mère dans leur sillage, Rocky, l'ex-étudiant, fermant la marche.

Les chanteurs passèrent à *Vive le vent d'hiver*, une interprétation allègre et retentissante, probablement inspirée par l'excitation générale. Le chef de chœur invita les voisins à se joindre à eux, ce qu'ils firent avec joie ; les premières notes de *Ô douce nuit* jaillirent d'une trentaine de poitrines. Les jeunes gens chantaient juste, mais les voisins n'avaient qu'une idée en tête : faire du barouf pour que Luther ne sache plus où se mettre.

Au bout de vingt minutes, les nerfs de Nora lâchèrent ; elle se réfugia sous la douche. Luther essaya de lire une revue dans son fauteuil, mais les chants de Noël étaient de plus en plus forts. Il rageait, jurait entre ses dents. Quand il regarda pour la dernière fois par l'ouverture du rideau, il y avait des gens partout sur sa pelouse, souriant jusqu'aux oreilles, montrant en riant sa maison du doigt.

Quand ils entonnèrent *Frosty le bonhomme de neige*, il descendit dans son bureau et prit la bouteille de cognac.

8.

Les habitudes matinales de Luther n'avaient pas changé depuis son arrivée à Hemlock, dix-huit ans auparavant. Debout à 6 heures, il préparait son café en peignoir et pantoufles, sortait par la porte du garage, descendait l'allée où Milton, le livreur de journaux, une heure plus tôt, avait déposé *La Gazette*. Luther savait combien de pas il faisait de la cafetière au journal ; leur nombre ne variait pas de plus de deux ou trois. Retour dans la cuisine, une tasse de café avec un nuage de lait, les pages sportives pour commencer, puis les nouvelles locales, la rubrique économique et, toujours en dernier, la politique intérieure et internationale. À mi-chemin de la rubrique nécrologique, dans la même tasse bleu lavande tous les jours, avec deux sucres, il apportait le café à sa tendre épouse.

Le lendemain de la bruyante sérénade, à moitié

endormi, Luther descendit l'allée d'un pas traînant et s'apprêtait à ramasser *La Gazette* quand il aperçut du coin de l'œil une tache de couleur. Une pancarte plantée au centre de sa pelouse portait une inscription en gros caractères noirs : LIBÉREZ FROSTY ! Sur le fond blanc bordé de traits rouges et verts, un croquis représentait Frosty enchaîné dans un sous-sol, sans doute chez les Krank. Le dessin, mauvais s'il avait été fait par un adulte ayant du temps à perdre, était assez bon s'il était l'œuvre d'un enfant appliqué dont la mère suivait le travail par-dessus son épaule.

Sentant soudain des yeux braqués sur lui, une multitude d'yeux, Luther glissa le journal sous son bras en affectant le détachement et rentra chez lui comme si de rien n'était. Il remplit sa tasse en marmonnant, lâcha un juron en tirant sa chaise. Il ne prit aucun plaisir à la lecture des pages sportives ni des nouvelles locales ; même la rubrique nécrologique ne retint pas son attention. Il songea que Nora ne devait pas voir la pancarte, qu'elle en souffrirait bien plus que lui.

À chaque nouvelle atteinte à sa liberté d'agir, Luther était plus déterminé à ne pas fêter Noël. Mais il s'inquiétait pour Nora. Lui ne céderait jamais, mais il craignait qu'elle ne soit pas assez forte. Si elle se mettait dans la tête que les enfants du voisinage protestaient contre leur décision, elle risquait de craquer.

La réaction fut rapide. Il se glissa dans le garage, coupa à l'angle de la maison, traversa à grandes enjambées la pelouse mouillée et couverte de gelée blanche, arracha la pancarte et la lança dans la buanderie. Il s'en occuperait plus tard.

Après avoir apporté son café à Nora, il reprit place à la table de la cuisine, essayant vainement de se concentrer sur la lecture de *La Gazette*. Il bouillait de colère et avait les pieds gelés.

Il sauta dans sa voiture et prit la route du bureau.

Luther avait un jour préconisé la fermeture du cabinet de la mi-décembre au début janvier, expliquant avec brio lors d'une réunion que personne ne travaillait durant cette période. Les secrétaires qui avaient des achats à effectuer partaient de bonne heure pour la pause déjeuner, revenaient tard et repartaient au bout d'une heure. Il serait plus simple que tout le monde prenne ses vacances en décembre, avait-il suggéré avec force. Une période de chômage technique, pour ainsi dire, quinze jours payés, bien entendu. La facturation était en baisse, avait-il expliqué, tableaux et graphiques à l'appui. Les clients ayant abandonné leurs bureaux, rien ne pouvait être finalisé avant la première semaine de janvier. Wiley & Beck pourrait également faire des économies en supprimant le dîner de Noël et la fête de fin d'année. Il avait même montré un article du *Wall Street Journal* sur une grosse société de Seattle qui avait adopté cette politique de congé de fin d'année avec d'excellents résultats, s'il fallait en croire le quotidien.

Luther s'était trouvé très persuasif. Le conseil avait repoussé sa proposition par onze voix contre deux ; il avait fait la tête pendant un mois. Seul Yank Slader l'avait soutenu.

Luther poursuivit machinalement le train-train matinal, incapable de chasser de son esprit la sérénade de la veille et la pancarte plantée dans la pelouse. Il se plaisait à Hemlock, avait de bons rapports avec ses voisins et entretenait même avec Walt Scheel des relations cordiales. Il se sentait gêné d'être la cible de leur mécontentement.

Il retrouva sa bonne humeur quand Biff, de l'agence de voyages, entra dans son bureau d'une démarche chaloupée en frappant sans attendre de réponse – Dox, sa secrétaire, était plongée dans ses fichiers – pour lui remettre les billets d'avion et de bateau ainsi qu'un itinéraire alléchant et une brochure actualisée sur le *Princesse des îles*. Elle ne resta que quelques secondes, trop peu au goût de Luther qui, en admirant son bronzage et sa silhouette, ne put s'empêcher de rêver à la profusion de maillots de bain minuscules qui s'offriraient bientôt à ses regards.

Il donna un tour de clé à sa porte et se laissa rapidement bercer par les flots bleus et chauds des Antilles.

Pour la troisième fois de la semaine, Luther sortit en catimini juste avant l'heure du déjeuner et prit la route du centre commercial. Il se gara aussi loin que possible de sa destination ; il avait besoin de marcher. Il avait perdu près de quatre kilos et se sentait en pleine forme. Il entra chez Sears, porté par le flot de clients profitant de la pause de midi pour faire leurs achats. Lui était venu prendre un moment de repos.

Protégé par de grosses lunettes de soleil, il gagna la galerie marchande du premier étage et poussa la porte de Hâle éternel. Daisy à la peau cuivrée avait

88

été remplacée par Daniella, une rousse à la peau claire dont l'exposition continue aux UV n'avait réussi qu'à élargir et étendre les taches de rousseur. Elle tamponna sa carte et lui indiqua la cabine 2.

— Je pense que vingt-deux minutes devraient faire l'affaire aujourd'hui, Luther, annonça-t-elle avec l'assurance d'une dermatologue chevronnée.

Elle avait au minimum trente ans de moins que lui mais n'éprouvait aucune gêne à l'appeler par son prénom. Cette gamine avait un travail temporaire pour un salaire minimum, mais il ne lui venait pas à l'idée de l'appeler monsieur Krank.

Pourquoi pas vingt et une minutes ? se retint-il de dire. Ou vingt-trois ?

Il marmonna quelque chose par-dessus son épaule et entra dans la cabine 2.

Le BronzeMat FX-2000 était froid, un bon signe pour Luther qui ne supportait pas l'idée de se fourrer dans la machine juste après le départ d'un autre client. Il vaporisa le Windex, frotta énergiquement, vérifia que la porte était bien fermée, se déshabilla comme si quelqu'un pouvait le voir et se glissa délicatement dans le gaufrier.

Il s'étira, changea de position jusqu'à ce qu'il se sente à peu près à l'aise, puis il ferma le couvercle, appuya sur le bouton Marche et commença à cuire doucement. Nora était venue deux fois et n'était pas sûre de continuer : pendant sa dernière séance, quelqu'un avait tourné avec insistance le bouton de la porte, lui donnant des sueurs froides. Terrifiée, elle avait articulé quelque chose – elle ne savait plus quoi

– et s'était redressée instinctivement, heurtant le couvercle de la tête.

Elle en avait voulu à Luther. Le fait qu'il prenne cette histoire à la rigolade n'avait pas arrangé les choses.

Il ne fallut pas longtemps à Luther pour que son esprit vogue vers le *Princesse des îles*, ses quatre piscines autour desquelles se prélassaient des corps minces et hâlés, vers les plages de sable blanc de la Jamaïque et de Grand Caïman, vers les eaux chaudes et paisibles de la mer des Antilles.

Une sonnerie le tira de sa rêverie ; ses vingt-deux minutes s'étaient écoulées. À la fin de cette troisième séance, Luther distingua enfin une amélioration dans le miroir piqué fixé au mur. Au bureau, on n'allait pas tarder à faire des commentaires sur son teint ; ils étaient tous si envieux.

Il reprit sa voiture, la peau encore chaude, le ventre toujours plus plat après ce nouveau repas sauté, sous les premières gouttes de neige fondue.

Luther redoutait de rentrer chez lui. Tout se passa bien jusqu'à ce qu'il tourne dans Hemlock. Becker, le voisin, disposait de nouvelles ampoules sur ses arbustes et, par pure malveillance, délimitait le bord de sa pelouse jouxtant le garage des Krank. En face, Trogdon en avait tellement qu'on n'aurait su dire s'il en avait ajouté ; Luther inclinait à penser que oui. À côté, Walt Scheel s'y mettait aussi, lui qui avait suspendu sa première guirlande lumineuse l'année précédente.

Et ce n'était pas tout. À l'est de chez les Krank Swade Kerr enroulait autour de ses buis rabougris des ampoules clignotantes rouges et vertes. Les Kerr faisaient l'école à domicile à leur progéniture qui passait le plus clair du temps au sous-sol. Ils refusaient de voter, pratiquaient le yoga, se nourrissaient de légumes, portaient en hiver des sandales et de grosses chaussettes, se tenaient à l'écart du monde du travail et se prétendaient athées. Des marginaux, mais pas de mauvais voisins. Shirley, l'épouse de Swade, avait un nom à rallonge et touchait une rente.

— Je suis encerclé, murmura Luther en entrant dans son garage.

Il descendit de sa voiture, gagna la porte d'entrée à petits pas pressés et donna un tour de clé.

— Regarde ce que nous avons reçu, fit Nora, la mine soucieuse.

Elle l'embrassa sur la joue, lui demanda, comme il se devait, s'il avait passé une bonne journée.

— Qu'est-ce que c'est ? demanda Luther en regardant les deux enveloppes aux tons pastel caractéristiques.

Il n'avait surtout pas envie de cartes de vœux et de leur texte à la noix. Luther voulait de la nourriture. Au menu du soir : poisson au four et légumes cuits à la vapeur.

Il sortit de leur enveloppe les deux cartes où était représenté un bonhomme de neige. Pas de signature. Pas d'adresse d'expéditeur au dos de l'enveloppe.

Des cartes de vœux anonymes.

— Très drôle ! grommela Luther en les lançant sur la table.

— J'ai pensé que cela te ferait plaisir. Elles ont été postées en ville.

— C'est Frohmeyer, déclara Luther en retirant sa cravate. Il aime faire des farces.

Au beau milieu du dîner, on sonna à la porte. Luther aurait pu nettoyer son assiette en deux ou trois grosses bouchées, mais Nora vantait les vertus d'une longue mastication. Il avait encore faim quand il se leva en se demandant d'une voix inaudible qui cela pouvait encore être.

Le pompier s'appelait Kistler, le secouriste Kendall. Jeunes et minces, ils avaient un corps bien musclé par les longues heures passées à faire des haltères à la caserne, probablement aux frais du contribuable. C'est ce que se dit Luther en les invitant à franchir le seuil mais en restant dans l'entrée. Encore une visite rituelle, l'exemple parfait des dérives de Noël.

Kistler portait un uniforme bleu marine ; celui de Kendall était olive. Deux couleurs qui juraient avec le rouge et le blanc du bonnet de père Noël dont ils étaient affublés. Qui s'en souciait ? Les coiffures étaient jolies et cocasses, mais Luther ne souriait pas. Le secouriste tenait le sac en papier le long de sa jambe.

— Nous vendons encore des cakes cette année, monsieur Krank, commença Kistler. Comme tous les ans.

— L'argent va à la bourse aux jouets, glissa Kendall.

— Notre but est de réunir neuf mille dollars.

— Nous avons dépassé les huit mille l'an dernier.

– Nous frapperons plus fort cette année.

– Ils seront six cents enfants, le 24 décembre, à recevoir des jouets.

– Un objectif ambitieux.

Les répliques s'enchaînaient. Des duettistes au numéro parfaitement rodé.

– Il faut voir leur visage s'illuminer.

– Pour rien au monde je ne manquerais ça.

– Mais le temps presse, il faut réunir les fonds.

– Nous restons fidèles aux cakes Mabel, une valeur sûre, expliqua Kendall en faisant mine de tendre le sac à Luther, comme s'il pouvait avoir envie de jeter un coup d'œil sur le contenu.

– Connus dans le monde entier.

– Fabriqués à Hermansburg, Indiana, par la biscuiterie Mabel. La moitié de la ville y travaille ; on n'y fait que des cakes.

Pauvres gens, pensa Luther.

– Ils ont une recette dont ils gardent jalousement le secret et n'utilisent que des ingrédients d'une fraîcheur garantie.

– Pour faire les meilleurs cakes du monde.

Luther détestait les cakes. Dattes, figues, pruneaux, noisettes et ces petits morceaux colorés de fruits confits.

– On les fabrique depuis quatre-vingts ans.

– Les plus vendus dans notre pays. Six tonnes l'année dernière.

Rigoureusement immobile, Luther tenait bon ; seuls ses yeux allaient et venaient de l'un à l'autre.

– Sans conservateurs ni additifs.

— Je me demande comment ils peuvent garder une telle fraîcheur.

Avec des conservateurs, faillit répondre Luther.

Frappé par un coup de fringale, il eut soudain l'impression que ses genoux allaient se dérober sous lui, qu'une grimace allait déformer son visage impassible. Depuis quinze jours, son odorat était plus développé, sans doute une conséquence du régime strict auquel il s'astreignait. Peut-être l'odeur du cake lui avait-elle chatouillé les narines. Une faim pressante le saisit ; il fallait qu'il mange quelque chose. Il se retint d'arracher le sac des mains de Kendall, de déchirer un emballage et de se jeter sur un gâteau.

La fringale passa. Les mâchoires serrées, Luther attendit que ce soit terminé pour se détendre. Kistler et Kendall étaient tellement pris par leur numéro de duettistes qu'ils n'avaient rien remarqué.

— Nous en avons une quantité limitée.

— Ils sont tellement appréciés qu'il faut les rationner.

— Nous avons eu de la chance d'en recevoir neuf cents.

— À dix dollars pièce, nous arriverons à neuf mille pour les jouets.

— Vous en avez acheté cinq l'an dernier, monsieur Krank.

— Faites pareil cette année !

En effet, se dit Luther, j'en ai acheté cinq l'an dernier. J'en ai emporté trois au cabinet, que j'ai placés en douce sur le bureau de trois collègues. Au bout d'une semaine, les emballages étaient tout abîmés à force de passer de main en main. Dox les avait jetés dans la corbeille à papier le soir de la fermeture de Noël.

Nora avait offert les deux autres à sa coiffeuse qui pesait cent vingts kilos et accumulait les cakes par dizaines ; elle en mangeait jusqu'en juillet.

— Non, articula enfin Luther. Ne comptez pas sur moi cette année.

Les duettistes en restèrent comme deux ronds de flan. Ils échangèrent un long regard.

— Pardon ?

— Je ne veux pas de cakes cette année.

— Vous trouvez que cinq, c'est trop ?

— Un seul, c'est trop, affirma Luther en croisant lentement les bras sur sa poitrine.

— Même pas un ? insista Kendall, l'air incrédule.

— Zéro.

Ils prirent un air malheureux.

— Vous organisez toujours votre concours de pêche pour les enfants handicapés, le 4 juillet ? s'enquit Luther.

— Tous les ans.

— Parfait. Repassez cet été, je donnerai cent dollars pour le concours de pêche.

Kister lâcha un merci du bout des lèvres.

Après un moment de gêne, Luther réussit à se débarrasser d'eux. Il revint dans la cuisine, constata que tout avait disparu : son assiette avec les deux dernières bouchées de poisson, son verre d'eau, sa serviette et même Nora. Tout. Furieux, il fit main basse sur un pot de beurre de cacahouètes et des biscuits salés ramollis.

9.

Le père de Stanley Wiley avait fondé le cabinet
Wiley & Beck en 1949. Beck était mort depuis si
longtemps que personne ne savait exactement pourquoi son nom n'avait pas disparu de la raison sociale.
Cela sonnait bien – Wiley & Beck –, c'est vrai, sans
compter qu'il eût été coûteux de changer le papier à
en-tête et le reste. Le plus étonnant était quand
même qu'un cabinet existant depuis un demi-siècle
se fût si peu développé. Ils étaient une douzaine
d'associés – y compris Luther – dans le service fisca-
lité et une vingtaine pour l'audit. Leur clientèle était
composée de sociétés de taille moyenne qui ne pouvaient s'offrir les services des gros cabinets nationaux.
Si, trois décennies plus tôt, Stanley Wiley avait eu
plus d'ambition, le cabinet aurait pu profiter de la
vague de prospérité et prendre une tout autre dimension. Il n'en avait rien été et Wiley & Beck préten-

dait aujourd'hui se satisfaire de son modeste statut de cabinet à dimension humaine.

Au moment où Luther s'apprêtait à filer en douce pour une nouvelle séance de bronzage, Stanley surgit dans l'embrasure de la porte, un long sandwich à la main, d'où dépassaient des feuilles de salade.

— Vous avez une minute? lança-t-il, la bouche pleine.

Il prit un siège sans laisser à Luther le temps de répondre ni de le prier d'être bref. Toujours affublé d'un nœud papillon ridicule, il avait le plus souvent sur sa chemise bleue à col boutonné un assortiment de taches : encre, mayonnaise, café. Stanley était notoirement brouillon, son bureau un capharnaüm où documents et dossiers restaient ensevelis pendant des mois. Quand on ne trouvait pas quelque chose, il y avait toujours quelqu'un pour dire : « Essaie le bureau de Stanley. »

— Il paraît que vous ne serez pas là demain soir, pour notre dîner de Noël, commença-t-il.

Il aimait parcourir les couloirs à l'heure du déjeuner, un sandwich à la main, un soda dans l'autre, comme quelqu'un de trop occupé pour prendre un vrai repas.

— Sans vouloir offenser personne, je supprime pas mal de choses cette année, Stanley.

— C'est donc vrai?

— C'est vrai. Nous ne serons pas là pour le dîner.

Le front plissé, Stanley déglutit; il examina son sandwich, à la recherche de l'endroit où il allait planter les dents. Il n'était que l'associé principal, pas le patron. Luther avait le statut d'associé depuis six ans ; nul ne pouvait lui forcer la main.

— Je trouve cela regrettable. Jayne sera déçue.

— Je lui enverrai un petit mot, promit Luther.

Ce n'était pas une soirée barbante : dîner dans un salon particulier d'un vieux restaurant du centre ville, bonne chère et vins agréables, deux ou trois laïus à la fin du repas, puis un orchestre pour danser bien avant dans la nuit. Tenue de soirée, naturellement, et les épouses faisaient assaut d'élégance. Jayne Wiley était une femme délicieuse qui méritait un mari d'une autre envergure.

— Il y a une raison particulière ? s'enquit Stanley en s'efforçant de ne pas se montrer trop curieux.

— Nous nous dispensons de tout le cirque, Stanley. Sapin, cadeaux, tous les tracas. Avec l'argent économisé, nous nous offrons dix jours de croisière. Blair est partie, nous allons nous changer les idées. Je pense que nous nous rattraperons largement l'année prochaine. Ou bien celle d'après.

— Ce n'est que partie remise, alors ?

— Absolument.

— On dirait que vous avez perdu du poids.

— Quatre kilos et demi. Je me prépare pour la plage.

— Vous avez très bonne mine, Luther. J'ai entendu dire que vous faisiez des UV.

— J'essaie de brunir. Je ne veux pas que le soleil me bousille la peau.

Une énorme bouchée de baguette au jambon fut engloutie, ne laissant dépasser que quelques brins de salade entre les lèvres qui se mirent en mouvement.

– Pas une mauvaise idée, au fond.

Pour Stanley, les vacances se résumaient à une semaine dans sa bicoque donnant sur la plage, où, en trente ans, il n'avait jamais fait le moindre aménagement. Luther et Nora y avaient passé quelques jours cauchemardesques. Les Wiley avaient conservé la chambre principale et relégué les Krank dans la « chambre d'amis », une pièce exiguë, meublée de lits superposés et sans climatisation. Stanley descendait des gin tonics du milieu de la matinée à la fin de l'après-midi et ne s'exposait jamais au soleil.

Il se décida enfin à partir, les joues gonflées, mais avant que Luther ait eu le temps de s'esquiver, Yank Slader fit son entrée dans le bureau.

– J'en suis déjà à cinq mille deux cents dollars, annonça-t-il de but en blanc. Et je n'en vois pas la fin. Abigail vient de claquer six cents dollars pour une robe qu'elle portera au dîner de Noël ; je ne comprends pas pourquoi elle ne peut pas porter celle de l'année dernière ou de l'année d'avant, mais toute discussion est impossible. Tu en ajoutes cent quarante pour les chaussures et quatre-vingt-dix pour le sac à main. La penderie est bourrée de chaussures et de sacs à main, mais parlons d'autre chose. À ce rythme, nous dépasserons les sept mille dollars. Tu ne veux pas m'emmener en croisière avec toi ?

Inspiré par Luther, Yank tenait minutieusement le compte du gaspillage effréné de Noël ; deux fois par semaine, il passait en coup de vent présenter le bilan de la situation. Quelle suite comptait-il donner à ces résultats ? Probablement aucune, et il le savait.

– Tu es mon héros, lança-t-il en se levant.

Et il repartit aussi vite qu'il était arrivé.

Décidément, se dit Luther, je fais des envieux. Plus qu'une semaine avant Noël, la frénésie était à son comble et ils crevaient de jalousie. Certains, comme Stanley, le reconnaissaient du bout des lèvres ; d'autres, tel Yank, étaient fiers de Luther et ne le cachaient pas.

Trop tard pour la bronzette. Luther s'avança vers la fenêtre et regarda sans déplaisir la pluie froide tomber sur la ville. Un ciel chargé, des arbres dénudés, quelques feuilles mortes emportées par le vent, les voitures à touche-touche. Le tableau est complet, songea-t-il d'un air satisfait. Il tapota son ventre plat avant de sortir et descendit boire un Coca light avec Biff, l'hôtesse de l'agence de voyages.

Au signal sonore, Nora bondit du BronzeMat et saisit une serviette. Elle détestait être baignée de sueur ; elle se frotta avec ardeur.

Elle portait un bikini rouge minuscule qui, sur le jeune et aguichant mannequin du catalogue, avait beaucoup d'allure. Elle ne le mettrait jamais en public, elle le savait, mais Luther avait tellement insisté ; bouche bée devant la photo, il avait menacé d'acheter lui-même le maillot de bain. Comme il n'était pas trop cher, Nora l'avait commandé.

En se regardant dans le miroir, elle rougit de se voir si peu vêtue. Bien sûr, elle perdait du poids. Bien sûr, elle commençait à être hâlée. Mais il lui faudrait cinq ans de régime draconien et d'efforts au gymnase pour faire honneur à ce qu'elle avait sur elle.

Elle s'habilla rapidement, passa son pantalon et son pull par-dessus le bikini. Luther jurait qu'il bronzait dans le plus simple appareil, mais pour rien au monde Nora ne se mettrait nue dans cette cabine.

Même habillée, elle avait l'impression d'être une traînée. Le maillot la serrait de partout ; en marchant, c'était très désagréable. Elle n'avait qu'une idée en tête : rentrer chez elle, enlever ce fichu bikini et prendre un long bain chaud.

Elle avait réussi à sortir discrètement de Hâle éternel et venait de tourner l'angle de la galerie marchande quand elle se trouva nez à nez avec le révérend Doug Zabriskie, leur pasteur. Il était chargé de sacs, elle avait les mains libres. Il avait le teint blême, elle avait le visage rouge et la peau moite de sueur. Il était à son aise dans sa vieille veste de tweed, sa chemise noire et son col blanc sous un manteau. Le bikini de Nora lui coupait la circulation et semblait rétrécir de minute en minute.

Ils se saluèrent poliment.

— Vous nous avez manqué dimanche.

Sa formule habituelle, une manie agaçante dont il était incapable de se défaire.

— Nous avons tellement à faire, expliqua Nora en passant la main sur son front pour s'assurer qu'elle ne transpirait pas.

— Tout va bien, Nora ?

— Très bien, répondit-elle vivement.

— Vous avez l'air essoufflée.

Elle mentit à son pasteur :

– J'ai beaucoup marché.

Il baissa les yeux, vit que Nora portait des chaussures de ville.

– Pourrions-nous bavarder un moment ? reprit-il.

– Bien sûr.

Il y avait un banc libre près de la rambarde de la galerie marchande. Le révérend Zabriskie transporta ses sacs jusqu'au siège, les entassa sur le côté. Quand Nora s'assit, le petit bikini rouge de Luther se déplaça encore une fois et quelque chose lâcha, juste au-dessus de la hanche ; le maillot commença à glisser. Elle avait un pantalon ample, pas du tout ajusté, qui ne retenait pas le bout d'étoffe.

– Des rumeurs sont venues à mes oreilles, reprit d'une voix douce le pasteur qui avait la fâcheuse habitude de s'approcher tout près du visage de son interlocuteur.

Nora croisa les jambes, les décroisa ; chaque mouvement ne faisait qu'aggraver les choses.

– Quel genre de rumeurs ? demanda-t-elle froidement.

– Eh bien, Nora, poursuivit-il en se rapprochant encore, je serai franc avec vous. Je tiens de bonne source que vous avez décidé, Luther et vous, de ne pas fêter Noël cette année.

– En quelque sorte.

– Jamais je n'ai entendu une chose pareille, répliqua gravement le pasteur, comme si les Krank venaient de découvrir une nouvelle variété de péché.

Redoutant de se lever, Nora avait maintenant l'impression d'avoir perdu son maillot. Des gouttes de sueur perlèrent sur son front.

– Vous vous sentez bien, Nora ?

– Je vais bien et tout va bien. Nous croyons toujours à Noël, à la célébration de la naissance du Christ, mais, cette année, nous nous dispensons de toute la folie qui l'accompagne. Blair est partie, nous voulons faire autre chose.

Le pasteur réfléchit longuement tandis qu'elle changeait discrètement de position.

– En effet, c'est un peu fou, reprit-il, les yeux fixés sur l'amoncellement de sacs.

– Tout va bien, Doug, je vous le promets. Nous sommes heureux et en bonne santé ; nous avons juste envie de nous détendre un peu.

– Vous partez, m'a-t-on dit.

– Oui. Une croisière de dix jours.

Il caressa un moment sa barbe, comme s'il n'arrivait pas à déterminer si c'était bien ou mal.

– Vous ne manquerez pas la messe de minuit ? demanda-t-il enfin avec un sourire.

– Je ne vous promets rien, Doug.

Il lui tapota le genou et se leva. Elle attendit qu'il soit hors de vue, rassembla son courage et se mit debout. Elle sortit de la galerie marchande à petit pas, en maudissant Luther et son bikini.

La fille cadette du cousin de l'épouse de Vic Frohmeyer fréquentait une église catholique où les nombreux enfants de la chorale aimaient parcourir la ville pour interpréter des chants de Noël. Deux ou trois coups de fil suffirent pour régler l'affaire.

Quelques flocons de neige tombaient quand les chanteurs se disposèrent en demi-cercle devant la maison et entonnèrent à pleine gorge *Ô petite ville de Bethléem*. Ils firent de grands signes de la main à Luther quand il regarda à travers les lamelles du store.

Une petite foule ne tarda pas à se rassembler derrière les chanteurs : des enfants du voisinage, les Becker, la tribu des Trogdon. Averti par un appel anonyme, un journaliste de *La Gazette* observa la scène quelques minutes avant d'aller sonner chez les Krank.

Luther ouvrit violemment la porte, prêt à écraser son poing sur la figure de l'intrus. La chorale interprétait *Noël blanc*.

— Qu'est-ce que vous voulez ?

— Êtes-vous monsieur Krank ? demanda le journaliste.

— Oui. Et vous ?

— Brian Brown, de *La Gazette*. Puis-je vous poser quelques questions ?

— À quel sujet ?

— À propos de votre refus de fêter Noël.

Luther considéra la foule rassemblée sur son allée. Une des silhouettes qu'il distinguait au loin l'avait dénoncé ; un de ses voisins avait téléphoné au journal. Frohmeyer ou Walt Scheel sans doute.

— Je n'ai rien à dire.

Il claqua la porte au nez du journaliste. Nora était encore sous la douche ; Luther descendit au sous-sol.

10.

Luther avait proposé de dîner chez Angelo, leur restaurant italien préféré. L'établissement se trouvait au rez-de-chaussée d'un vieux bâtiment, au centre-ville, loin des centres commerciaux et de la cohue, à une grande distance des rues empruntées par le défilé de Noël. Une soirée bien choisie pour se tenir à l'écart d'Hemlock.

Ils commandèrent une salade avec une sauce allégée et des pâtes à la tomate ; ni viande, ni vin, ni pain. Nora en était à sa septième séance d'UV, Luther à sa dixième. Un verre d'eau gazeuse à la main, ils admiraient leur teint hâlé en se moquant de leurs voisins blancs comme des cachets d'aspirine. Une grand-mère de Luther avait du sang italien ; cette ascendance méditerranéenne ressortait dans la manière dont il brunissait. Il était sensiblement plus bronzé que Nora. Son teint attirait le regard de ses amis, mais il s'en contrefichait ; tout le monde savait maintenant qu'ils allaient partir en croisière.

— Ça commence, annonça Nora en regardant sa montre.

Luther jeta un coup d'œil à la sienne : 19 heures.

Le défilé de Noël partait tous les ans du parc des anciens combattants. D'une année sur l'autre se succédaient chars, voitures de pompiers et fanfares avec majorettes. Le père Noël fermait la marche dans un traîneau construit par les rotariens, escorté par huit Shriners corpulents sur des minivélos. Le défilé faisait une boucle dans les quartiers ouest et passait près d'Hemlock. Depuis dix-huit ans, les Krank et leurs voisins se postaient sur le trajet du défilé qu'ils n'auraient manqué pour rien au monde. C'était un soir de fête ; Luther et Nora ne voulaient pas y participer cette année.

Hemlock grouillerait de gamins, de chanteurs et de Dieu sait qui d'autre. Sans doute des bandes de cyclistes scandant « Libérez Frosty ! » et de jeunes terroristes plantant des pancartes dans leur pelouse.

— Comment s'est passé le dîner de Noël du cabinet ? demanda Nora.

— Comme d'habitude. Même resto, mêmes serveurs, même tournedos, même soufflé. D'après Slader, Stanley était rond comme une queue de pelle avant la fin de l'apéritif.

— Je ne l'ai jamais vu boire modérément.

— Il a fait son laïus habituel. Tout le monde s'est donné du mal, les facturations sont en hausse, nous ferons encore mieux l'an prochain. Wiley & Beck est une grande famille, grâce à vous tous. Toujours le même topo ; je suis content d'y avoir échappé.

– Il y en a d'autres qui se sont défilés ?

– Slader a dit qu'il n'avait pas vu Maupin, de l'audit.

– J'aimerais bien savoir comment était habillée Jayne.

– Je demanderai à Slader. Il a dû prendre des notes.

Quand les salades arrivèrent, ils dévorèrent les épinards des yeux, comme un couple de réfugiés affamés. Mais ils versèrent lentement et soigneusement la sauce, ajoutèrent un peu de sel et de poivre, et commencèrent leur repas comme s'ils avaient pour la nourriture un profond désintérêt.

Sur le *Princesse des îles* on servait à manger vingt-quatre heures sur vingt-quatre. Luther projetait de s'empiffrer à s'en faire péter la sous-ventrière.

À une table proche de la leur, une jolie jeune femme brune dînait avec son ami. En la remarquant, Nora posa sa fourchette.

– Tu crois qu'elle va bien, Luther ?

– Qui ? demanda Luther en lançant un regard circulaire.

– Blair.

Il finit de mastiquer sa bouchée en prenant un air pensif ; elle ne posait plus la question que trois fois par jour.

– Ne t'inquiète pas, Nora. Elle est très heureuse.

– Elle ne risque rien ?

Encore une question répétitive. Comme si Luther

pouvait savoir avec certitude si leur fille courait un danger quelconque à ce moment précis.

— Le Peace Corps n'a pas perdu un seul de ses membres depuis trente ans. Ils sont très prudents, tu peux me croire. Allez, Nora, mange maintenant.

Elle avança sa fourchette, poussa les épinards, prit une petite bouchée ; elle avait perdu son appétit.

Après avoir nettoyé son assiette, Luther commença à lorgner celle de Nora.

— Tu ne finis pas ?

Elle échangea leurs assiettes ; Luther termina la deuxième en un clin d'œil.

Quand on apporta les pâtes, elle protégea son assiette. Après quelques bouchées prudentes, elle s'arrêta brusquement, la fourchette en l'air.

— J'avais oublié.

— Quoi ? fit Luther en continuant de mastiquer énergiquement.

Elle avait une expression horrifiée.

— Qu'est-ce qu'il y a, Nora ? insista-t-il, la gorge serrée.

— J'avais oublié les juges qui passent après le défilé.

Luther marqua le coup. Il reposa sa fourchette, prit une gorgée d'eau, le regard douloureusement fixé au loin. Oui, elle avait raison.

Après le défilé, les membres d'une commission des espaces verts et des loisirs faisaient la tournée des quartiers sur un char tiré par un tracteur et constataient le degré de participation. Ils décernaient des récompenses dans différentes catégories : Conception originale, Illuminations et ainsi de suite. Et ils attribuaient un prix spécial à la rue la mieux décorée. Hemlock avait reçu deux fois le ruban bleu.

L'année précédente, Hemlock avait été battue de justesse, essentiellement, s'il fallait en croire les rumeurs, parce que Frosty n'avait pas été installé sur le toit de deux de ses quarante-deux maisons. Boxwood Lane, qui présentait une éblouissante rangée de sucres d'orge, avait créé la surprise et ravi à Hemlock la distinction tant convoitée. Frohmeyer avait inondé la rue de messages pendant un mois.

Le dîner était gâché. Ils terminèrent leurs pâtes sans entrain, en s'efforçant de faire durer le repas. Deux tasses de déca pour gagner un peu de temps. Quand la salle fut vide, Luther demanda l'addition ; ils prirent le chemin du retour, lentement.

Aucun doute, Hemlock avait encore perdu. Luther ramassa *La Gazette* à la lumière incertaine du petit matin. L'horreur se peignit sur son visage quand il ouvrit le quotidien à la première page des nouvelles locales. La liste des gagnants y figurait. Cherry Avenue avait remporté le premier prix devant Boxwood Lane et Stanton Street. Trogdon avec ses quatorze mille ampoules était classé quatrième dans la catégorie Illuminations.

Au centre de la page s'étalait une photo en couleurs de la maison des Krank, prise à une certaine distance. Luther l'étudia attentivement en essayant de déterminer l'angle. Le photographe avait effectué une prise de vue en plongée avec un objectif à grand angle, un peu comme une vue aérienne.

D'un côté la maison des Becker resplendissait de myriades de lumières, de l'autre les murs de la maison et les bords de la pelouse des Kerr étaient délimités par des milliers d'ampoules rouges et vertes.

Entre les deux la maison des Krank était sombre.

À l'est, chez les Frohmeyer, les Nugent et les Galdy, tout était illuminé et sur chaque toit trônait un Frosty. À l'ouest, chez les Dent, les Sloane et les Bellington, tout brillait dans la splendeur de Noël.

La maison des Krank était toute noire.

– Scheel ! lâcha Luther à mi-voix.

Le cliché avait été pris de l'autre côté de la rue, juste en face. Walt Scheel avait autorisé le photographe à monter sur le toit pour prendre une photo au grand-angle. Toute la rue avait dû l'encourager.

Un court article intitulé NOËL SANS NOUS accompagnait la photo.

La maison de M. et Mme Luther Krank reste bien sombre cette année. Pendant que leurs voisins d'Hemlock Street s'affairent à décorer leur foyer et à préparer les fêtes, les Krank ont décidé de sauter Noël et s'apprêtent, selon des sources anonymes, à partir en croisière. Ni sapin ni guirlandes, pas de Frosty sur le toit. Cette année, Frosty restera enfermé au sous-sol. Hemlock, lauréat à plusieurs reprises du concours de décoration de rue de La Gazette, a terminé cette année à une décevante sixième place. « J'espère qu'ils sont satisfaits maintenant », a déclaré un voisin qui a préféré conserver l'anonymat. « Une belle démonstration d'égoïsme », selon un autre.

Si Luther avait eu une mitraillette, il se serait avancé dans la rue et aurait canardé les façades.

Il resta un long moment prostré, l'estomac noué, en essayant de se convaincre que cela passerait. Plus que quatre jours avant le départ ; à leur retour, les satanés Frosty auraient été démontés, les guirlandes et les sapins auraient disparu. Quand les factures des cartes bancaires commenceraient à affluer, peut-être ses merveilleux voisins se montreraient-ils plus sympathiques.

Il parcourut le journal, mais resta incapable de se concentrer. S'armant de courage, il serra les dents pour aller annoncer la mauvaise nouvelle à sa femme.

— Quel épouvantable réveil ! protesta Nora en se frottant les yeux.

Elle essayait d'accommoder, mais la photo restait floue.

— Ce connard de Scheel a autorisé le photographe à monter sur son toit, expliqua Luther.

— Tu en es sûr ?

— Bien sûr que j'en suis sûr. Regarde attentivement la photo.

Elle faisait de son mieux. Elle réussit enfin à accommoder, commença à lire l'article. Elle étouffa un cri en arrivant à « ... une belle démonstration d'égoïsme ».

— Qui a dit ça ?

— Scheel ou bien Frohmeyer. Je n'en sais rien. Je vais prendre ma douche.

— Comment osent-ils ? s'écria Nora, l'air abasourdi.

Vas-y! se dit Luther. Monte sur tes grands chevaux. Pique ta crise. Plus que quatre jours à tenir; nous n'allons pas craquer si près du but.

Ce soir-là, après le dîner, ayant en vain essayé de regarder la télévision, Luther décida d'aller faire un tour à pied. Il se couvrit chaudement, enroula une écharpe autour de son cou; il gelait dehors et une chute de neige était possible. Il avait acheté avec Nora une des premières maisons d'Hemlock et personne ne l'obligerait à se terrer chez lui. C'étaient sa rue, son quartier, ses amis. Un jour, bientôt, le malentendu d'aujourd'hui appartiendrait au passé.

Luther marchait d'un pas tranquille, les mains enfoncées dans les poches, aspirant l'air froid à pleins poumons. Il réussit à atteindre le bout de la rue, à l'intersection de Moss Point, avant que Spike Frohmeyer qui le suivait à la trace le rattrape sur son skate.

— Bonsoir, monsieur Krank, lança-t-il en s'arrêtant à la hauteur de Luther.

— Ah! bonsoir, Spike.

— Qu'est-ce qui vous amène par ici?

— Je fais juste un petit tour.

— Vous admirez les décorations de Noël?

— Bien sûr. Et toi, qu'est-ce que tu fais dehors?

— Je surveille la rue, répondit Spike en se retournant comme si une invasion était imminente.

— Que va t'apporter le père Noël?

Un sourire joua sur les lèvres de Spike qui prit le temps de réfléchir.

– Probablement une Gameboy, une crosse de hockey et une batterie.

– Une pleine hotte.

– J'y crois plus, vous savez, mais comme Mike n'a que cinq ans, nous faisons encore semblant.

– Je comprends.

– Faut que j'y aille. Joyeux Noël.

– Joyeux Noël à toi, Spike, répondit Luther, prononçant la phrase interdite pour la première et, espérait-il, la dernière fois de l'année.

Spike avait déjà disparu ; il devait filer chez lui pour signaler à son père que M. Krank était sorti et marchait dans la rue.

Luther s'arrêta devant chez les Trogdon pour admirer le spectacle somptueux des quatorze mille ampoules disposées autour des arbres, des buissons, des fenêtres et des piliers du porche. Sur le toit, aux côtés de Frosty, avaient pris place le père Noël et un renne – Rudolph, naturellement, avec son nez rouge clignotant –, dont les silhouettes soulignées de guirlandes blanches se découpaient sur le fond du ciel. Le toit était bordé de deux rangées d'ampoules rouges et vertes clignotant en alternance. La cheminée aussi attirait le regard : des centaines de lumières bleues palpitant simultanément nimbaient le bonhomme de neige d'un éclat irréel. Près de la maison, le long des houx, un groupe de soldats de plomb montait la garde ; de la taille d'un humain, ils étaient entourés de lumières multicolores. Au centre de la pelouse était représentée une scène de la nativité, avec de vraies bottes de foin et une chèvre dont la queue montait et descendait.

Impressionnant.

Luther entendit un bruit, une échelle tombant dans le garage jouxtant celui des Trogdon. La porte du garage se leva ; il reconnut la silhouette de Walt Scheel aux prises avec une guirlande lumineuse. Il s'avança, prenant Scheel au dépourvu.

— Bonsoir Walt, lança-t-il d'une voix enjouée.

— Tiens, c'est ce vieil harpagon en personne, répondit Walt avec un sourire contraint.

Ils échangèrent une poignée de main en s'efforçant, chacun de son côté, de trouver quelque chose de spirituel et de cinglant à dire. Luther recula et leva le nez au ciel.

— Comment le photographe a-t-il pu grimper là-haut ?

— Quel photographe ?

— Celui de *La Gazette*.

— Ah ! celui-là.

— Oui, celui-là.

— Il est monté, c'est tout.

— Sans blague ! Pourquoi l'as-tu laissé faire ?

— Je ne sais pas. Il a dit qu'il voulait prendre une photo de l'ensemble de la rue.

Luther ricana en faisant un petit geste de la main.

— Ton attitude m'étonne un peu, Walt, reprit Luther.

En réalité, il n'en était rien. Depuis onze ans ils maintenaient une cordialité de surface dans leurs rapports, aucun des deux ne voulant se faire un ennemi de l'autre. Mais Luther n'aimait pas Walt à qui il reprochait de traiter les gens de haut et de chercher à faire mieux que tout le monde. Walt n'avait pas de sympathie pour Luther qu'il soupçonnait depuis longtemps d'avoir un salaire voisin du sien.

— La tienne m'étonne aussi, répliqua Walt, ne pensant pas plus que Luther un mot de ce qu'il disait.

— Je crois que tu as une ampoule éteinte là-bas, poursuivit Luther en indiquant un arbuste orné d'une multitude de lumières.

— Je vais arranger ça.

— Bonne nuit, fit Luther en s'éloignant.

— Joyeux Noël! cria Walt dans sa direction.

— Oui, oui.

11.

La fête de fin d'année du cabinet Wiley & Beck commençait par un déjeuner préparé par des traiteurs grecs, deux frères à couteaux tirés qui faisaient les meilleurs baklavas de la ville. Le bar ouvrait à 11 h 45 précises – en réalité, il y avait trois bars – et les choses ne tardaient pas à se gâter. Stanley Wiley, le premier à être bourré – il mettait cela sur le compte des cocktails trop alcoolisés –, grimpait sur une caisse au bout de la table et prononçait le même discours qu'à l'occasion du dîner de la semaine précédente. Puis on lui offrait un cadeau, un fusil de chasse ou un autre présent inutile qui lui tirait des larmes et qu'il refilait discrètement à un client quelques mois plus tard. Il y avait d'autres cadeaux, des discours et des sketchs, une ou deux chansons tandis que l'alcool coulait à flots. Une fois, il y avait même eu deux strip-teaseurs qui s'étaient déshabillés en musique, ne gardant que leur slip en imitation léopard. Les hommes s'étaient mis à l'abri pendant que les secrétaires poussaient de petits cris de ravissement. Dox était devenue quasi hystérique; elle avait conservé des photos des deux garçons. Stanley avait informé le personnel que l'expérience ne serait pas renouvelée.

Dès le milieu de l'après-midi, des comptables parmi les plus posés et les plus coincés de Wiley & Beck cherchaient à peloter les secrétaires les plus ordinaires. L'ivresse était tolérée. On emmenait Stanley dans son bureau pour le bourrer de café avant de le laisser rentrer chez lui. Le cabinet louait des voitures afin que personne n'ait à prendre le volant.

Tout compte fait, ce n'était pas joli joli. Les associés adoraient cette fête qui leur permettait de prendre une bonne cuite, loin de leurs femmes conviées au dîner chic de Noël mais jamais invitées à cette réunion. Les secrétaires l'adoraient, car elles voyaient et entendaient certaines choses qu'elles utiliseraient le reste de l'année pour faire du chantage.

Luther détestait cette fête, même les bonnes années. Il buvait peu, ne se soûlait jamais et se sentait affreusement embarrassé pour ses collègues quand ils se ridiculisaient. Il s'enferma donc dans son bureau et s'occupa à régler des détails de dernière minute. Quand il entendit de la musique dans le couloir, un peu après 11 heures, il estima le moment propice pour s'éclipser. C'était le 23 décembre; il ne serait pas de retour avant le 6 janvier, quand tout serait redevenu normal.

Bon débarras !

Il passa à l'agence de voyages pour dire au revoir à Biff ; elle était partie au Mexique, dans un fabuleux club de vacances, tout nouveau, qui proposait un forfait alléchant. Il se dirigea d'un pas vif vers sa voiture, fier d'échapper au cirque du sixième étage. Il prit la direction du centre commercial pour son ultime séance d'UV et pour regarder encore une fois se bousculer les imbéciles qui avaient attendu la dernière minute ou presque pour dévaliser les magasins. La circulation était dense, les voitures avançaient au pas. Quand il arriva enfin au centre commercial, un policier en interdisait l'accès. Les parkings étaient complets. Plus de place. Allez voir ailleurs.

Avec plaisir, se dit Luther.

Il retrouva Nora pour le déjeuner, dans un établissement bondé du District. Ils avaient été obligés de réserver, ce qui était inconcevable le reste de l'année. Il était en retard ; elle avait pleuré.

– C'est Bev Scheel, expliqua-t-elle. Elle a eu un contrôle hier. Encore une récidive ; c'est la troisième fois.

Même si Luther et Walt n'avaient jamais été proches, leurs épouses avaient réussi, depuis deux ou trois ans, à établir de bonnes relations. À vrai dire, pendant de longues années, personne à Hemlock n'avait beaucoup fréquenté les Scheel. Ils travaillaient énormément et ne manquaient jamais une occasion de faire étalage de leur compte en banque.

– Le cancer a gagné les poumons, poursuivit Nora en s'essuyant les yeux. Et les médecins craignent que les reins et le foie soient atteints.

Luther grimaça en se représentant la dissémination de l'horrible maladie.

– C'est affreux, fit-il d'une voix sourde.

– Ce sera peut-être son dernier Noël.

– Le médecin a dit ça ? interrogea Luther qui se méfiait des pronostics du profane.

– Non, c'est moi.

Ils continuèrent à parler des Scheel, trop longtemps au goût de Luther.

– Nous levons l'ancre dans quarante-huit heures, lança-t-il pour changer de sujet. Buvons à notre départ.

Ils remplirent d'eau gazeuse leurs verres en plastique et trinquèrent ; Nora esquissa un pauvre sourire.

– As-tu des regrets ? demanda Luther quand ils eurent attaqué leur salade.

Elle secoua la tête, déglutit.

– Le sapin m'a un peu manqué, répondit-elle d'une petite voix. Les décorations, la musique, les souvenirs des Noëls passés. Mais je suis contente d'avoir évité les embouteillages, les achats, le stress. Tu as eu une merveilleuse idée, Luther.

– Je suis un génie.

– N'en fais pas trop. Tu crois que Blair pensera à Noël ?

– Pas si tout se passe bien, répondit-il, la bouche pleine. J'en doute. Elle travaille avec une bande de sauvages qui vénèrent les rivières et toute la nature. Pourquoi prendraient-ils le temps de penser à Noël ?

– Tu es un peu dur, Luther. Des sauvages ?

– Je disais ça pour rire ; je suis sûr qu'ils sont très gentils. Ne t'inquiète pas.

– Elle a dit qu'elle ne regardait jamais un calendrier.

– La belle affaire ! J'en ai deux dans mon bureau et je ne sais jamais quel jour on est.

Millie, qui travaillait à la clinique pour femmes, vint les saluer. Elle embrassa Nora et souhaita un joyeux Noël à Luther qui aurait montré de l'irritation si Millie n'avait été grande et mince, très jolie pour une femme de son âge. Une bonne cinquantaine.

– Tu es au courant pour Bev Scheel ? chuchota Millie à Nora, comme si Luther s'était évanoui.

Cette fois, l'irritation le gagna. Il pria pour ne jamais être atteint d'une terrible maladie, pas dans cette ville. Le réseau des bénévoles en serait informé avant lui.

Une crise cardiaque, d'accord, un accident de voiture, quelque chose de rapide. Dont on ne fasse pas un sujet de conversation pendant que j'attends la fin.

Millie finit par se retirer ; ils terminèrent leur salade. En réglant l'addition, Luther avait encore l'estomac dans les talons. Il se surprit une fois de plus à rêver des buffets plantureux du *Princesse des îles*.

Nora avait des courses à faire, pas Luther. Il rentra à Hemlock, se gara devant chez lui, soulagé de ne pas voir de voisins rôder autour de la maison. Il trouva dans la boîte aux lettres quatre autres cartes de vœux anonymes de Frosty, postées à Rochester, Fort Worth, Green Bay et Saint Louis. Les collègues de

Frohmeyer voyageaient beaucoup ; Luther les soupçonnait d'être entrés dans son jeu. Frohmeyer était
assez imaginatif et persuasif pour avoir conçu cette
mauvaise farce. Nora et lui avaient déjà reçu trente et
une cartes de Frosty, dont deux avaient été expédiées
de Vancouver. Luther les avait mises de côté ; il projetait, à son retour des Antilles, de les fourrer dans
une grande enveloppe qu'il enverrait, anonymement
– cela allait sans dire – à Vic Frohmeyer.

Elles arriveront en même temps que son relevé de
cartes bancaires, songea Luther en glissant le courrier
du jour dans le tiroir où il gardait toutes les cartes de
Frosty. Il alluma un feu, s'installa dans son fauteuil,
une couverture sur les genoux, et s'endormit.

La soirée ne fut pas de tout repos. Des groupes
bruyants de chanteurs en vadrouille se relayèrent
devant la maison des Krank. Ils étaient souvent sou-
tenus par des voisins heureux de profiter de l'occasion. À un moment, des cris de « Nous voulons
Frosty ! » s'élevèrent, couvrant les voix d'une chorale
du Lions Club.

Des pancartes peintes à la main, exigeant la libéra-
tion de Frosty, firent leur apparition ; la première fut
plantée dans la pelouse par Spike Frohmeyer. Il parcourait la rue en skate-board ou à bicyclette avec sa
bande de copains en hurlant et en rigolant, tout à
l'excitation du moment.

Cela se transforma en une fête de quartier impro-
visée. Pendant que Trish Trogdon servait du chocolat chaud aux enfants, son mari plaçait des
haut-parleurs dans le jardin. Bientôt *Frosty le bon-*

homme de neige et *Vive le vent d'hiver* se répercutèrent dans la rue, ne s'interrompant qu'à l'arrivée d'une vraie chorale.

La maison des Krank restait sombre et silencieuse, fermée à double tour. Dans la chambre Nora commençait à rassembler les affaires qu'elle voulait emporter. Luther était au sous-sol ; il essayait de lire.

12.

Le 24 décembre. Un peu avant 7 heures, Luther et Nora furent tirés du sommeil par la sonnerie du téléphone.

— Pourrais-je parler à Frosty ? demanda une voix très jeune.

Sans laisser à Luther le temps de répliquer quoi que ce soit, on raccrocha ; il en rit malgré lui. Il se leva d'un bond en tapotant son ventre raffermi.

— Entends-tu l'appel des îles, Nora ? Il est temps de faire nos bagages.

— Va chercher mon café, murmura-t-elle en s'enfouissant sous les draps.

C'était un matin gris et froid ; une chance sur deux d'avoir un Noël sous la neige. Luther ne le souhaitait en aucune façon. S'il neigeait, Nora aurait un accès de nostalgie. Elle avait passé son enfance dans le Connecticut où, à l'en croire, Noël arrivait toujours sous un épais manteau blanc. Luther ne voulait pas que les conditions atmosphériques portent atteinte à leur départ du lendemain.

Debout à la fenêtre donnant sur la rue, à l'endroit précis réservé au sapin, il but son café à petites gorgées en inspectant sa pelouse pour s'assurer que Spike Frohmeyer et sa bande de petits vandales n'avaient pas commis de déprédations. Son regard glissa vers la maison des Scheel, de l'autre côté de la rue ; malgré les guirlandes et toutes les décorations, une impression sinistre s'en dégageait. Walt et Bev étaient là, buvant leur café, effectuant comme des somnambules les gestes du matin, sachant l'un comme l'autre, mais se gardant bien de l'exprimer, que c'était peut-être le dernier Noël qu'ils passaient ensemble. Luther éprouva une pointe de regret d'avoir escamoté Noël, mais ce fut très fugitif.

À côté, chez les Trogdon, l'atmosphère n'était certainement pas la même. Ils avaient pour étrange coutume de faire passer le père Noël le matin du 24 décembre, une journée avant tout le monde, puis de charger leur camionnette et de filer à la montagne où ils passaient une semaine dans un refuge. Au même endroit tous les ans. Trogdon avait expliqué qu'ils réveillonnaient dans une maison en pierre, devant un grand feu, avec trente autres Trogdon. Très agréable, des pistes de ski magnifiques, les enfants adoraient et toute la famille s'entendait bien.

Tous les goûts sont dans la nature.

Les Trogdon étaient déjà sur pied et déballaient des montagnes de cadeaux ; Luther distinguait des mouvements autour de leur sapin. Ils n'allaient pas tarder à transporter des cartons et des sacs dans leur camionnette, puis les hurlements commenceraient. Les petits Trogdon seraient prestement embarqués avant d'être forcés d'expliquer aux autres enfants comment ils avaient obtenu ce traitement de faveur du père Noël.

Sinon, tout était paisible dans Hemlock qui se préparait pour les festivités.

En prenant une gorgée de café, Luther eut un petit sourire satisfait. En général, la veille de Noël, Nora était debout dès potron-minet et préparait deux longues listes, une pour elle, l'autre, encore plus longue, pour lui. À 7 heures du matin, la dinde était au four, la maison impeccable, les tables dressées pour le réveillon et son mari déjà en route avec sa liste, dans l'espoir d'éviter la bousculade de dernière minute. Ils se disputaient les yeux dans les yeux et par l'intermédiaire de leurs portables. Il oubliait quelque chose ; elle le renvoyait d'où il venait. Il cassait quelque chose ; c'était la fin de tout.

La confusion totale.

Vers 18 heures, épuisés, dégoûtés des fêtes, ils voyaient arriver leurs premiers invités. Les invités aussi étaient fatigués, à bout de nerfs, mais ils faisaient bonne figure et essayaient de s'amuser.

Le réveillon de Noël des Krank remontait à un certain nombre d'années, quand ils avaient invité une douzaine d'amis à prendre l'apéritif. La dernière fois, ils avaient eu cinquante personnes.

Le sourire satisfait de Luther s'élargit encore. Il

savourait le calme de la maison et la perspective de n'avoir rien d'autre à faire de la journée que jeter quelques vêtements dans une valise pour le voyage vers les îles.

Ils prirent un petit déjeuner insipide de céréales au son accompagnées de yaourt maigre. La conversation, pendant qu'il lisait son journal, fut douce et agréable. Nora essayait courageusement de faire abstraction de ses souvenirs des Noëls passés. Elle se donnait du mal pour s'enflammer à l'idée de leur croisière.

— Tu crois qu'elle ne risque rien? finit-elle par demander.

— Ne t'inquiète pas pour elle, répondit Luther sans lever les yeux.

Ils s'avancèrent vers la fenêtre, parlèrent des Scheel en regardant les Trogdon s'agiter. Les voitures se firent plus nombreuses; les voisins s'aventuraient une dernière fois dans la foire d'empoigne des magasins. Un camion de livraison s'arrêta devant la maison. Butch, le livreur, en descendit, un colis à la main. Il atteignit la porte d'entrée au moment où Luther ouvrait.

— Joyeux Noël, fit sèchement Butch en se débarrassant du colis.

Huit jours plus tôt, à l'occasion d'une autre livraison, il avait un peu traîné dans l'attente de ses étrennes. Luther avait expliqué qu'ils ne fêtaient pas Noël. Vous voyez, nous n'avons ni sapin, ni guirlandes, ni Frosty sur le toit. Pas de calendrier de la police cette année, pas de cakes des pompiers. Rien, Butch.

Butch était reparti les mains vides.

Le colis était expédié par Boca Beach, une société de vente par correspondance dont Luther avait trouvé les coordonnées sur Internet. Il l'emporta dans sa chambre et s'enferma pour passer la chemise et le short assortis qui, sur la photo, paraissaient légèrement excentriques, mais, sur lui, étaient franchement criards et de mauvais goût.

— Qu'est-ce que c'est, Luther ? demanda Nora en frappant à la porte.

L'imprimé, dans les tons jaune, bleu-vert et marine, représentait de gros poissons plats de la bouche desquels sortaient des bulles. Original, oui. Ridicule, assurément.

Luther décida séance tenante qu'il allait aimer son ensemble et qu'il le porterait fièrement autour des piscines du *Princesse des îles*. Quand il ouvrit la porte, Nora porta la main à sa bouche et devint hystérique. Il s'engagea dans le couloir, sa femme sur ses talons, et traversa le séjour pour se camper fièrement devant la fenêtre, s'offrant à tous les regards.

— Tu ne vas pas porter ça ! rugit Nora dans son dos.

— Mais comment donc !

— Je ne pars pas avec toi !

— Si.

— C'est hideux !

— Tu es simplement jalouse de ne pas avoir une tenue de plage comme la mienne.

— Je m'en réjouis du fond du cœur !

Il la prit par les épaules et ils se mirent à danser en

riant. Nora en avait les larmes aux yeux. Son mari, un expert-comptable guindé travaillant dans un cabinet poussiéreux, avait choisi de se déguiser en clown.

Le téléphone sonna.

Luther devait se souvenir qu'il avait cessé de rire et de danser avec Nora à la deuxième sonnerie, peut-être la troisième et que, sans s'expliquer pourquoi, ils avaient regardé fixement l'appareil. À la sonnerie suivante, il fit quelques pas pour aller répondre. Dans un silence total tout sembla, c'est l'impression qu'il en avait gardée, se dérouler au ralenti.

– Allô!

Pourquoi le combiné paraissait-il si lourd?

– Papa? C'est moi!

Il fut surpris dans un premier temps. Surpris d'entendre la voix de Blair, mais il n'était pas surprenant qu'elle ait réussi à dénicher un téléphone pour appeler ses parents et leur souhaiter un joyeux Noël. Même au fin fond du Pérou il y avait des téléphones.

Mais la voix de Blair était si nette, si pure. Luther avait de la peine à se représenter sa fille chérie assise sur une souche, en pleine forêt, hurlant dans le combiné d'un téléphone par satellite.

– Blair...

Nora se rua vers lui.

Un seul mot se grava dans l'esprit de Luther, le mot « Miami ». Il y en eut d'autres avant et après, mais celui-ci fut le seul à s'imprimer dans son cerveau. Au bout de quelques secondes de conversation, Luther eut le sentiment de perdre pied. Tout allait beaucoup trop vite.

– Comment vas-tu, ma chérie ?

Une ou deux phrases, puis encore le mot de « Miami ».

– Tu es à Miami ? demanda Luther d'une voix de fausset.

Nora le poussa ; ses yeux exorbités s'approchèrent à quelques centimètres des siens.

Il écouta la réponse. Il la répéta.

– Tu es à Miami et tu rentres pour Noël. C'est merveilleux, Blair !

La mâchoire inférieure de Nora s'abaissa, sa bouche s'ouvrit toute grande, d'une manière démesurée.

Un silence, puis la voix de Luther.

– Qui ? Enrique ?

La voix reprit à plein volume :

– Ton fiancé ! Quel fiancé ?

Nora eut assez de présence d'esprit pour appuyer sur la touche du haut-parleur. La voix de Blair se répandit dans la pièce.

– Un médecin péruvien que j'ai rencontré dès mon arrivée. Il est merveilleux. Nous avons eu un coup de foudre ; au bout d'une semaine, nous avons décidé de nous marier. C'est la première fois qu'il vient aux États-Unis et il est très excité. Je lui ai raconté comment nous fêtions Noël : le sapin, les décorations, Frosty sur le toit, le réveillon, enfin, tout. Est-ce qu'il neige, papa ? Enrique n'a jamais vu Noël sous la neige.

– Non, ma chérie, pas encore. Je te passe ta mère.

Luther tendit le combiné à Nora ; elle le prit,

même si, avec le haut-parleur, ce n'était pas néces-
saire.

— Blair, où es-tu, ma chérie ? demanda Nora en
simulant l'enthousiasme.

— À l'aéroport de Miami, maman. Notre avion
arrive à 18 h 03. Tu vas aimer Enrique, maman, il
est gentil, si tu savais... Et je le trouve à croquer.
Nous sommes fous amoureux. Nous allons parler du
mariage, probablement l'été prochain. Qu'est-ce que
tu en penses ?

— Euh... nous allons voir.

Luther s'était effondré sur le canapé, dans la pos-
ture d'un malade à la dernière extrémité.

Blair continuait de parler à jet continu.

— Je lui ai parlé de notre Noël à Hemlock, les
enfants, les Frosty, le réveillon à la maison. Tu fais le
réveillon, maman ?

Luther, à l'article de la mort, laissa échapper un
gémissement. Nora commit sa première erreur.
Comment reprocher à quelqu'un en proie à l'affolement de manquer de lucidité ? Ce qu'elle aurait dû
dire, ce qu'elle voulait dire, ce que Luther affirma
après coup, avec force, qu'il aurait fallu dire, c'était :
« Non, ma chérie, nous ne faisons pas de réveillon
cette année. »

Mais tout était brouillé dans la cervelle de Nora.

— Bien sûr, répondit-elle à sa fille.

Luther poussa un nouveau gémissement. Nora se
tourna vers le clown dans son costume ridicule, qui
gisait sur le canapé comme s'il venait de recevoir une
balle perdue. Elle n'aurait pas hésité à tirer sur lui si
on lui en avait donné la possibilité.

– Génial! Enrique a toujours rêvé de voir un Noël américain! Je lui en ai tellement parlé. C'est une merveilleuse surprise, hein, maman?

– Quel bonheur, parvint à articuler Nora d'une voix qui manquait légèrement de conviction. Nous allons passer de bons moments.

– Pas de cadeaux, maman, je t'en prie. C'est promis? Je voulais vous faire une surprise en rentrant à l'improviste, mais je ne veux pas que vous alliez faire les magasins aujourd'hui pour m'acheter des tas de cadeaux. Alors, c'est promis?

– Promis.

– Génial! Si tu savais comme je suis impatiente d'arriver.

Tu n'es partie que depuis un mois, faillit dire Luther.

– Tu es sûre que ça ne pose pas de problème, maman?

Comme si ses parents avaient le choix. Comme s'ils pouvaient répondre : « Non, Blair, tu ne peux pas rentrer à la maison pour Noël. Repars d'où tu viens, ma chérie, au fin fond du Pérou. »

– Je n'ai plus beaucoup de temps. Nous prenons un avion pour Atlanta où nous aurons une correspondance. Pouvez-vous venir nous chercher?

– Bien sûr, ma chérie. Pas de problème. Tu as dit qu'il était médecin?

– Oui, maman. C'est un garçon merveilleux, tu verras.

Assis au bord du canapé, le visage enfoui dans les mains, Luther semblait pleurer. Les poings sur les hanches, Nora considérait l'homme effondré en se demandant si elle devait lui lancer à la tête le combiné qu'elle tenait encore à la main.

Elle décida à regret de n'en rien faire.

— Quelle heure est-il ? demanda Luther en écartant légèrement les doigts.

— 11 heures et quart. Le 24 décembre.

Un silence glacial se fit dans la pièce.

— Pourquoi lui as-tu dit que nous faisions le réveillon ? demanda Luther au bout d'un long moment.

— Parce que nous faisons le réveillon.

— Hein ?

— Je ne sais ni qui viendra ni ce que nous leur donnerons à manger, mais nous faisons le réveillon.

— Je ne suis pas sûr que...

— Ne commence pas, Luther. C'est toi qui as eu cette idée stupide.

— Hier encore, tu ne la trouvais pas stupide.

— Eh bien, aujourd'hui, tu es un imbécile. Nous faisons le réveillon, nous préparons un sapin de Noël avec des guirlandes et des ornements et tu vas bouger tes fesses pour aller installer Frosty sur le toit.

— Non !

— Si !

Dans le long silence qui suivit Luther perçut le tic-tac de la pendule de la cuisine ; à moins que ce ne fût le bruit régulier des battements de son cœur. Son attention se fixa sur son short. Il l'avait mis quelques minutes plus tôt dans l'attente d'une croisière magique au paradis.

Nora reposa le combiné sur son support et se dirigea vers la cuisine ; des tiroirs s'ouvrirent et se refer-
mèrent violemment.

Luther continua de regarder son short bariolé ;
maintenant, la vue de ce vêtement le rendait malade.
Adieu la croisière, les plages, les îles, les flots enchan-
teurs et les buffets ouverts en continu.

Comment un seul coup de téléphone pouvait-il
changer tant de choses ?

13.

Luther se rendit d'un pas lourd dans la cuisine où sa femme, assise à la table, avait commencé à établir des listes.

— Pouvons-nous en parler ? fit-il d'un ton implorant.

— Parler de quoi, Luther ?

— Disons-lui la vérité.

— Encore une idée stupide.

— La vérité est toujours préférable.

Elle posa son stylo, leva la tête en le foudroyant du regard.

— La vérité, Luther, est qu'il nous reste moins de sept heures pour faire de cette maison un lieu où l'on fête Noël.

— Elle aurait dû appeler plus tôt.

— Non. Elle supposait que nous serions ici, que nous aurions un sapin, des cadeaux, un réveillon, comme tous les ans. Qui imaginerait que deux adultes sensés décident de sauter Noël pour partir en croisière ?

— Peut-être pouvons-nous quand même partir...

— Décidément, tu n'as que des idées stupides, Luther. Blair vient nous présenter son fiancé. C'est rentré dans ta petite tête ? Je suis sûre qu'ils resteront au moins une semaine. Je l'espère. Oublie la croisière, tu as des choses plus importantes à faire.

— Je n'installe pas Frosty.

— Bien sûr que si. Et j'ai autre chose à te dire : Blair ignorera tout de la croisière. C'est compris ? Elle serait effondrée si elle apprenait que nous avions projeté ce voyage et que nous y avons renoncé à cause d'elle. Tu as bien compris, Luther ?

— Oui, chef.

— Voici le programme, poursuivit-elle en faisant glisser vers lui une feuille de papier. Tu vas acheter un sapin pendant que je monte chercher les guirlandes. Pendant que tu le décores, je vais faire les magasins pour voir si je trouve quelque chose pour le réveillon.

— Qui va venir au réveillon ?

— Je n'en suis pas encore là. Allez, bouge-toi ! Et change-toi, tu as l'air ridicule.

— Les Péruviens n'ont pas le teint basané ?

Nora marqua une hésitation. Ils échangèrent un regard, détournèrent les yeux en même temps.

— Trop tard pour y penser maintenant, répondit-elle.

— Elle ne va pas vraiment se marier ? poursuivit Luther en secouant la tête.

140

– Nous nous en préoccuperons si nous survivons à Noël.

Luther sortit précipitamment, démarra sa voiture, descendit l'allée en marche arrière et s'éloigna à toute allure. Le départ était facile; le retour serait douloureux.

La circulation ne tarda pas à devenir difficile. Luther s'impatientait, rageait, jurait tout bas. Une multitude de pensées s'entrechoquaient dans son cerveau surmené. Une heure plus tôt, la matinée était paisible, il buvait sa troisième tasse de café et puis... Maintenant, pris dans un embouteillage, il perdait son temps comme tous les pauvres bougres au volant.

Sur le parking d'un Kroger, au bord de la chaussée, les scouts vendaient des sapins de Noël. Luther écrasa la pédale de frein et bondit de la voiture. Il y avait un adolescent, un adulte, un sapin; les affaires n'allaient plus très fort.

– Joyeux Noël, monsieur Krank, lança le chef scout dont le visage lui était vaguement familier. Je m'appelle Joe Scanlon. Je suis passé à votre domicile pour vous apporter un sapin, il y a quelque temps.

Luther écoutait d'une oreille distraite; son attention était concentrée sur le dernier sapin, un pauvre arbuste tordu, rabougri, qui n'avait pour des raisons évidentes pas trouvé preneur.

– Je le prends, déclara-t-il en pointant l'index vers le sapin.

– Vous le prenez?

– Oui. Combien?

Un écriteau posé contre un pick-up indiquait différents prix allant de soixante-quinze à quinze dollars. Tous les chiffres écrits à la main, y compris le plus bas, avaient été barrés.

— Soixante-quinze dollars, répondit Scanlon après un instant d'hésitation.

— Pourquoi pas quinze?

— La loi de l'offre et de la demande.

— C'est de l'arnaque!

— C'est pour les scouts.

— Je vous en donne cinquante.

— Soixante-quinze, à prendre ou à laisser.

Luther paya en espèces; l'adolescent plaça un carton aplati sur le toit de la Lexus. Les deux scouts transportèrent le sapin jusqu'à la voiture et l'attachèrent avec des cordes. Luther les regarda faire en lançant un coup d'œil à sa montre toutes les deux minutes.

Quand le sapin fut solidement arrimé, des aiguilles mortes s'accumulaient déjà sur le capot et le coffre.

— Il a besoin d'eau, observa le jeune scout.

— Je croyais que vous ne fêtiez pas Noël, glissa Scanlon.

— Joyeux Noël à vous, grommela Luther en s'installant au volant.

— À votre place, je ne roulerais pas trop vite.

— Pourquoi?

— Les aiguilles de pin se détachent facilement.

Luther reprit la route à une allure de tortue, enfoncé dans son siège, le regard rivé sur la voiture qui le précédait. À un feu rouge, un camion de livraison de boissons gazeuses pila à sa hauteur. Il entendit des éclats de voix, tourna la tête, entrouvrit sa vitre. Deux rustauds le regardaient en rigolant.

— Hé, mon pote, s'écria l'un d'eux, t'as le sapin le plus affreux que j'aie jamais vu !

— Allez, c'est Noël, vide ton porte-monnaie ! rugit l'autre.

Et ils se tordirent de rire.

— Ton sapin perd ses aiguilles plus vite qu'un chien galeux ses poils ! reprit le premier.

Luther remonta sa vitre, mais il entendait encore leur rire.

À l'approche d'Hemlock, son cœur commença à battre plus vite. Avec un peu de chance, il réussirait peut-être à arriver chez lui sans qu'on le voie. La chance ? Comment pouvait-il espérer qu'elle soit de son côté ?

C'est pourtant ce qui arriva. Il accéléra devant les maisons des voisins, tourna dans son allée sur deux roues, bloqua les freins pour s'arrêter dans le garage. Sans avoir vu âme qui vive. Il bondit de la voiture, commença à tirer sur les cordes et s'arrêta net en ouvrant des yeux incrédules. Le sapin était nu, dépouillé de toutes ses aiguilles ; il ne restait plus que des branches tordues et des rameaux. Les aiguilles devaient encore être en train de voleter au vent entre le parking du Kroger et Hemlock. Posé sur son carton, semblable à du bois mort, le sapin offrait un spectacle pitoyable.

Luther se retourna, s'assura que la rue était vide et saisit prestement le squelette de l'arbre qu'il traîna dans le patio où il serait à l'abri des regards. L'idée lui vint de gratter une allumette pour mettre fin aux souffrances du pauvre sapin, mais il n'avait pas le temps d'accomplir cette cérémonie.

Par bonheur, Nora était déjà partie. Quand Luther entra d'un pas lourd dans la maison, il faillit renverser le mur de cartons qui s'élevait devant lui. Des cartons qu'elle avait descendus du grenier et dont le contenu était soigneusement indiqué : ornements anciens, ornements nouveaux, guirlandes, guirlandes électriques sapin, ampoules extérieures. Neuf cartons en tout ; elle lui laissait la corvée de les vider et de décorer le sapin. Il en aurait pour des heures.

Quel sapin ?

Elle avait punaisé au mur, près du téléphone, un bout de papier portant le nom de quatre couples qu'il incombait à Luther d'appeler. Des amis proches, à qui il pouvait tout avouer et dire : « On est complètement coincés. Blair revient pour Noël ; pardonnez-nous et venez à notre réveillon. »

Il les appellerait plus tard ; mais le message disait de le faire dès son retour. Il composa le numéro de Gene et Annie Laird, leurs plus vieux amis. Gene répondit ; il hurlait à cause du vacarme autour de lui.

— Les petits-enfants ! s'écria-t-il. Je les ai tous les quatre. Tu ne pourrais pas me trouver une petite place sur ton bateau de croisière ?

Luther grinça des dents. Il mit Gene au parfum des derniers événements, puis il le convia au réveillon.

– Merde alors ! Elle revient aujourd'hui ?

– C'est ça.

– Et elle amène un Péruvien ?

– Exactement. Pour une surprise, c'est une surprise. En venant, vous nous tireriez une épine du pied.

– Je suis navré, mon vieux, on a de la famille venant de cinq États.

– Ils sont invités aussi. Plus il y aura de monde, mieux ce sera.

– Je vais en parler à Annie.

Luther raccrocha ; une idée lui vint en regardant les cartons. Sans doute une mauvaise idée, mais les bonnes étaient rares par les temps qui couraient. Il fonça dans le garage pour observer la maison des Trogdon, de l'autre côté de la rue. Il vit la camionnette remplie de bagages, des skis fixés sur la galerie. Wes Trogdon sortit de son garage, un sac à dos à la main. Luther traversa rapidement la pelouse des Becker et mit ses mains en porte-voix.

– Salut, Wes !

– Salut, Luther, répondit Trogdon, visiblement pressé. Joyeux Noël.

– Oui, joyeux Noël à vous aussi.

Luther rejoignit Wes derrière la camionnette ; il savait que le temps lui était compté.

– Écoute, Wes, je suis très embêté.

– On est en retard, Luther. On devrait être sur la route depuis deux heures.

Un petit Trogdon fit le tour du véhicule en tirant avec un pistolet en plastique sur une cible invisible.

– J'en ai pour une minute, poursuivit Luther en s'efforçant au détachement.

Il supportait difficilement de se trouver dans cette position.

– Blair a appelé il y a une heure, expliqua-t-il. Elle arrive ce soir et j'ai besoin d'un sapin de Noël.

Le visage de Wes se détendit. Un sourire se forma sur ses lèvres, puis il éclata de rire.

– Je sais, je sais, murmura piteusement Luther.

– À quoi va te servir ton bronzage ? interrogea Trogdon entre deux gloussements.

– Ça va, ça va. Écoute, Wes, j'ai absolument besoin d'un sapin et je n'en trouve pas. Je peux emprunter le tien ?

– Wes ! hurla Trish de l'intérieur du garage. Qu'est-ce que tu fabriques ?

– Je suis là ! répondit-il sur le même ton. Tu veux mon sapin ?

– Oui. Je le rapporterai avant ton retour. Fais-moi confiance

– C'est ridicule.

– Absolument, mais je n'ai pas le choix. Tout le monde aura besoin de son sapin ce soir et demain.

– Ce n'est pas une blague, hein ?

– Pas du tout. Allez, Wes...

Trogdon prit un trousseau de clés dans sa poche, retira celles de la porte du garage et de la maison.

– N'en parle pas à Trish.

– C'est juré.

– Si le malheur veut que tu casses quelque chose, nous sommes morts tous les deux.

– Elle n'en saura jamais rien, Wes, tu as ma parole.

– Je trouve la situation assez drôle.

– Ça ne me fait pas rire.

Ils se quittèrent sur une poignée de main ; Luther repartit rapidement vers chez lui. Il était presque arrivé quand il vit Spike Frohmeyer s'engager à bicyclette sur son allée.

– De quoi vous parliez ? lança le gamin.

– Pardon ?

– M. Trogdon et vous ?

– Tu ferais mieux de te mêler de tes...

Luther s'interrompit, voyant une occasion à saisir. Il avait besoin d'alliés, pas d'ennemis ; Spike ferait l'affaire.

– Tu sais, Spike, reprit-il avec chaleur, je vais avoir besoin d'aide.

– Qu'est-ce que vous proposez ?

– Les Trogdon seront absents une semaine et je vais garder leur sapin chez moi.

– Pourquoi ?

– Un sapin prend facilement feu, surtout avec toutes ces guirlandes électriques.

– Il suffit de les éteindre !

– Oui, mais il reste des fils et tout. C'est assez dangereux. Tu crois que tu pourrais me donner un coup de main ? Je te filerai quarante dollars.

– Quarante ! Topez là !

– Il nous faut une remorque.

– Je vais emprunter celle de Clem.

– Dépêche-toi. Et pas un mot à quiconque.

— Pourquoi ?

— Cela fait partie du marché.

— Bon. Comme vous voudrez.

Spike fila à toute vitesse, pénétré de l'importance de sa mission. Luther respira un grand coup en regardant des deux côtés de la rue. Il avait la conviction que des yeux étaient braqués sur lui, comme il y en avait eu ces dernières semaines. Comment avait-il pu devenir un paria dans sa propre rue ? Pourquoi était-il si difficile de suivre ses envies une fois de temps en temps ? De faire quelque chose que personne d'autre n'avait osé faire ? Pourquoi tant d'animosité de la part de ces gens qu'il connaissait depuis des années et avec qui il avait toujours eu de bonnes relations ?

Quoi qu'il advienne dans les heures à venir, il se jura de ne pas implorer les voisins de participer à son réveillon. D'abord, ils ne viendraient pas ; ils lui en voulaient. Ensuite, il ne leur donnerait pas la satisfaction de refuser.

14.

Son deuxième coup de téléphone fut pour les Albritton, de vieux amis qu'ils avaient connus à l'église et qui habitaient à une heure de route. Quand Luther arriva à la fin de son histoire, Riley Albritton se tordait de rire.

– C'est Luther, cria-t-il, probablement à Doris. Blair vient d'appeler : elle arrive ce soir.

À ces mots, Doris – ou quelqu'un d'autre – se mit à rire à gorge déployée.

– Rends-moi service, Riley, implora Luther qui regrettait de l'avoir appelé. Essayez de venir.

– Désolé, mon vieux, nous passons la soirée chez les MacIlvaine. Ils nous ont invités avant vous, tu comprends ?

– J'ai compris, fit Luther avant de raccrocher.

Le téléphone sonna aussitôt. C'était Nora ; elle avait l'air à cran.

– Où es-tu ? demanda-t-elle.

– Dans la cuisine. Et toi ?

– Prise dans un embouteillage, près du centre commercial.

– Qu'est-ce que tu fais là-bas ?

– Je n'ai pas pu me garer dans le District, même pas m'en approcher. Je n'ai rien acheté. Tu as trouvé un sapin ?

– Oui. Il est magnifique.

– Tu as commencé à le décorer ?

– Oui. Il y a Perry Como qui chante *Vive le vent d'hiver* pendant que je prends l'apéritif en décorant le sapin. J'aimerais que tu sois avec moi.

– Tu as téléphoné ?

– Aux Laird et aux Albritton. Personne ne peut venir.

– J'ai appelé les Pinkerton, les Hart, les Malone et les Burkland. Tout le monde est pris. Pete Hart m'a ri au nez.

– Je lui botterai les fesses de ta part. Il faut que je te laisse, ajouta-t-il en entendant Spike frapper à la porte. J'ai du pain sur la planche.

– Je pense qu'il va falloir que tu commences à appeler les voisins, poursuivit Nora d'une voix plus hésitante.

– Pourquoi ?

– Pour les inviter.

– Jamais de la vie ! Je vais raccrocher, Nora.

– Pas de nouvelles de Blair ?

– Ta fille est dans l'avion. Rappelle-moi plus tard.

La remorque de Spike était un Radio Flyer rouge qui avait fait son temps. D'un coup d'œil, Luther la jugea trop petite et trop vieille, mais il n'avait pas le choix.

— Je vais y aller d'abord, expliqua-t-il comme s'il savait exactement ce qu'il faisait. Attends cinq minutes avant d'amener la roulotte. Mais que personne ne te voie.

— Et mes quarante dollars ?

— La moitié maintenant, annonça Luther en lui donnant un billet de vingt. Le reste quand le travail sera fait.

Quand il pénétra chez les Trogdon par la porte latérale du garage, il eut, pour la première fois de sa vie, l'impression d'être un cambrioleur. Et quand il ouvrit la porte donnant dans la maison, une alarme se déclencha. Le signal sonore ne dura que quelques secondes, mais des secondes interminables pour Luther qui sentit le sang se glacer dans ses veines et vit toute sa vie et sa carrière défiler devant lui. Pris en flagrant délit, interpellé, condamné, radié de l'ordre, chassé de chez Wiley & Beck, déshonoré. Puis le silence revint ; il attendit encore de longues secondes pour oser respirer. Un panneau mural près de la porte indiquait que tout était en ordre.

Quelle pagaille ! Un véritable champ de bataille ; les débris jonchant le sol attestaient d'un passage fructueux du bon vieux père Noël. Trish Trogdon étranglerait son mari si elle apprenait qu'il avait laissé les clés à Luther. Il s'arrêta à la porte du séjour pour regarder le sapin.

Tout le monde savait à Hemlock que les Trogdon n'apportaient pas beaucoup de soin à la décoration de leur sapin. Ils laissaient les enfants accrocher aux branches tout ce qui leur tombait sous la main. Il y avait une multitude d'ampoules clignotantes, des guirlandes dépareillées, des quantités d'ornements clinquants, des pendeloques rouges et vertes, et même des colliers de pop-corn.

Nora va me tuer, se dit Luther, mais je n'ai pas d'autre solution. Son plan était si simple qu'il ne pouvait échouer. Avec l'aide de Spike, il allait retirer les ornements fragiles, les guirlandes et, bien entendu, les colliers de pop-corn ; ils poseraient le tout sur le canapé et les fauteuils, sortiraient le sapin avec ses guirlandes lumineuses pour le transporter chez Luther où il serait décoré comme il convenait.

Quelques jours plus tard, peut-être encore avec l'aide de Spike, Luther dépouillerait l'arbre de ses ornements, le transporterait de l'autre côté de la rue, replacerait toutes les cochonneries des Trogdon et le tour serait joué.

La boule en verre qu'il venait de prendre lui échappa et se fracassa par terre. Spike passa la tête par la porte.

— Ne casse rien, recommanda Luther en balayant les éclats de verre.

— On va se faire enguirlander ? demanda Spike.

— Bien sûr que non. Allez, au boulot. Plus vite que ça.

Vingt minutes plus tard, le sapin était dégarni de tout ce qui pouvait se casser. Luther trouva une serviette sale dans la salle de bains ; il s'allongea sur le ventre, rampa sous l'arbre et réussit à faire glisser le

152

support métallique sur la serviette. Penché au-dessus de lui, Spike inclinait délicatement le sapin d'un côté et de l'autre. À quatre pattes, Luther tira l'arbre sur le plancher du séjour, puis sur le carrelage de la cuisine et dans l'étroit couloir menant à la buanderie où les branches frottant contre les murs laissèrent derrière elles une traînée d'aiguilles mortes.

— Vous faites des saletés, observa Spike pour se rendre utile.

— Je nettoierai plus tard, répliqua Luther qui suait à grosses gouttes.

Le sapin, comme de juste, était plus large que la porte donnant dans le garage. Spike approcha la remorque : Luther prit le sapin par le tronc, le souleva avec effort et fit basculer le pied vers l'avant pour passer la porte. Il redressa l'arbre dans le garage, reprit son souffle et actionna l'ouverture automatique de la porte en adressant un petit sourire à Spike.

— Pourquoi vous êtes si bronzé ?

Le sourire de Luther s'effaça quand il pensa à la croisière qu'il ne ferait pas. Il regarda sa montre : 12 h 40. Et il n'y avait pas un seul invité pour le réveillon, rien à manger, pas de Frosty sur le toit, aucune guirlande lumineuse, rien que ce sapin qui n'était pas encore arrivé. La situation paraissait désespérée.

Ne baisse pas les bras, mon vieux.

Luther rassembla ses forces et souleva le sapin. Spike poussa la remorque dessous, mais le support métallique était évidemment trop large. Luther parvint enfin à caler le tout.

– Assieds-toi là, dit-il à Spike en montrant un tout petit espace dans la remorque, sous l'arbre. Empêche-le de basculer; je vais pousser.

– Vous croyez que ça va marcher? demanda Spike d'un ton dubitatif.

En face, Ned Becker vaquait à ses occupations quand il vit le sapin disparaître de la fenêtre des Trogdon. Au bout de cinq minutes, l'arbre réapparut dans le garage ouvert; un homme et un enfant avaient toutes les peines du monde à le déplacer. En regardant de plus près, Ned reconnut Luther Krank; sans quitter la maison des Trogdon des yeux, il appela Walt Scheel sur son portable.

– Salut, Walt. C'est Ned.

– Joyeux Noël, Ned.

– Joyeux Noël, Walt. Voilà, je suis en train de regarder la maison des Trogdon et j'ai l'impression que Krank a perdu la tête.

– Comment ça?

– Il est en train de voler leur sapin de Noël.

Luther et Spike s'engagèrent dans l'allée qui descendait en pente douce vers la rue. Luther retenait la remorque pour la faire rouler doucement; Spike agrippait le tronc du sapin, terrifié.

Scheel écarta le rideau de sa fenêtre; constatant de ses propres yeux que Becker avait dit vrai, il composa le numéro de la police.

– Walt Scheel à l'appareil. Quatorze quatre-vingt un, Hemlock Street. Il y a un cambriolage en cours.

– Où?

– Devant chez moi. Au quatorze quatre-vingt-trois. Je surveille. Faites vite.

Le sapin de Trogdon traversa la rue et arriva juste devant chez les Becker où Ned, sa femme et sa belle-mère étaient agglutinés à la fenêtre. Luther manœuvra la remorque de manière à tourner à droite pour suivre le trottoir.

Il avait envie d'accélérer l'allure pour éviter d'être vu, mais Spike ne cessait de lui répéter d'y aller mollo. Luther avait peur de regarder autour de lui, convaincu que des yeux hostiles l'observaient. Il avait presque atteint son allée quand il entendit la voix de Spike.

– Les flics.

Luther engagea la remorque dans l'allée au moment où la voiture de police s'arrêtait au milieu de la chaussée, sans la sirène mais avec les feux clignotants. Deux policiers bondirent du véhicule comme des commandos en mission.

Luther reconnut Salino à sa bedaine et le jeune Treen à son cou de taureau. Les deux hommes qui étaient passés chez lui pour essayer de lui soutirer de l'argent avec leur calendrier au profit de l'Association de bienfaisance de la police.

– Bonjour, monsieur Krank, lança Salino avec un sourire narquois.

– Bonjour.

– Où allez-vous avec ça ? demanda Treen.

– Chez moi, répondit Luther en songeant qu'il avait été à deux doigts de réussir.

– Si vous nous donniez quelques explications ? reprit Salino.

– Euh... Wes Trogdon, le voisin d'en face, m'a autorisé à lui emprunter son sapin de Noël. Il est parti avec sa famille il y a une heure et je transportais l'arbre chez moi avec l'aide de Spike.

— Spike ?

Luther se retourna pour regarder dans la remorque, à l'endroit où était niché le gamin. Personne. Spike semblait s'être volatilisé.

— Oui, un petit gars de la rue.

Walt Scheel était aux premières loges ; il ne perdait pas une miette du spectacle. Bev essayait de se reposer. Attirée par le rire bruyant de son mari, elle vint voir ce qui se passait.

— Viens t'asseoir à côté de moi, ma chérie. Krank s'est fait prendre en train de voler un sapin.

Chez les Becker, on s'esclaffait aussi.

— On nous a signalé qu'un cambriolage était en cours, déclara Treen.

— Il n'y a pas de cambriolage. Qui vous a appelé ?

— Un voisin, M. Scheel. À qui appartient cette remorque ?

— Je ne sais pas. À Spike.

— Alors, vous avez volé la remorque aussi ? poursuivit Treen.

— Je n'ai rien volé du tout.

— Reconnaissez, monsieur Krank, que cela paraît louche.

Certes, dans des circonstances normales, Luther aurait reconnu que la scène était pour le moins insolite, mais Blair serait là dans quelques heures. Il n'avait pas le temps de faire amende honorable.

— Pas du tout. J'emprunte souvent le sapin des Trogdon.

– Nous allons vous emmener au poste pour tirer cette histoire au clair, déclara Treen en détachant une paire de menottes de sa ceinture.

Walt Scheel était mort de rire ; les Becker avaient du mal à respirer tellement ils se gondolaient à la vue des bracelets métalliques.

Luther sentit ses genoux flageoler.

– Allons, vous ne parlez pas sérieusement.

– Veuillez monter à l'arrière.

Enfoncé dans le siège arrière, Luther pensa au suicide pour la première fois de sa vie. Devant, les deux policiers parlaient à la radio ; il était question de rechercher le propriétaire des objets volés. Les lumières clignotaient sans discontinuer et Luther se retenait pour ne pas hurler. Laissez-moi partir ! Je porterai plainte ! Éteignez ces foutues lumières ! L'année prochaine, j'achèterai dix calendriers ! Allez-y, tirez-moi une balle dans la tête !

Si Nora revenait et le voyait dans cette situation, elle demanderait aussitôt le divorce.

Les jumeaux Kirby, deux jeunes délinquants de huit ans habitant au bout de la rue, se trouvèrent à passer. Ils s'approchèrent de la voiture, puis de la vitre arrière, et croisèrent le regard de Luther qui se ratatina sur son siège. Le petit Bellington les rejoignit et les trois mioches dévisagèrent Luther comme s'il avait tué leur mère.

Spike Frohmeyer accourut, suivi par son père. Les policiers descendirent pour échanger quelques mots avec Vic. Treen chassa les gamins et fit descendre Luther. Celui-ci entendit Vic dire :

157

— Il a les clés.

Cela lui revint à l'esprit : il avait en effet les clés des Trogdon. Quel crétin il faisait !

— Je le connais, poursuivit Frohmeyer. Il ne s'agit pas d'un cambriolage.

Pendant que les policiers discutaient à voix basse, Luther évitait d'affronter le regard des Frohmeyer. Il se retourna, s'attendant presque à voir Nora arriver et avoir une attaque.

— Et le sapin ? dit Salino à Vic.

— S'il affirme que Trogdon lui a permis de l'emprunter, c'est la vérité.

— Vous en êtes sûr ?

— Absolument.

— D'accord, d'accord, grommela Salino en lançant à Luther un dernier regard de mépris, comme s'il n'avait jamais vu pire criminel.

Les deux policiers remontèrent en prenant leur temps dans la voiture qui s'éloigna lentement.

— Merci, Vic, fit Luther.

— Qu'est-ce que tu fais, Luther ?

— J'emprunte le sapin des Trogdon, que Spike m'aide à transporter. Allons-y, Spike.

Sans autre incident, Luther et Spike tirèrent la remorque jusqu'au garage et se démenèrent pour transporter le sapin qu'ils finirent par installer devant la fenêtre du séjour, laissant derrière eux un mélange d'aiguilles mortes, de pendeloques et de grains de pop-corn.

— Je passerai l'aspirateur, déclara Luther. Voyons si les guirlandes électriques fonctionnent.

158

Le téléphone sonna; c'était Nora, complètement affolée.

– Je ne trouve rien, Luther. Ni dinde, ni jambon, ni chocolats, rien de rien. Pas de jolis cadeaux non plus.

– Des cadeaux? Pourquoi veux-tu acheter des cadeaux?

– C'est Noël, Luther. As-tu appelé les Yarber et les Friski?

– Oui, mentit Luther. C'était occupé.

– Recommence, Luther. Pour l'instant, personne ne vient. J'ai appelé les McTeer, les Morris et les Warner. Personne n'est libre. Et le sapin?

– Ça se présente bien.

– Je te rappelle bientôt.

Spike brancha les guirlandes; le sapin s'anima. Ils attaquèrent les neuf cartons d'ornements en les plaçant au petit bonheur la chance.

En face, Walt Scheel les observait avec des jumelles.

15.

Spike était sur l'escabeau, en équilibre précaire, un ange en cristal dans une main, un renne en peluche dans l'autre, quand Luther entendit le moteur d'une voiture. Il regarda par la fenêtre, vit l'Audi de Nora entrer dans le garage.

— C'est Nora, souffla-t-il.

Il réfléchit à toute allure, conclut que la complicité de Spike dans l'affaire du sapin devait rester un secret.

— Il faut que tu t'en ailles, Spike. Tout de suite.

— Pourquoi ?

— Ton travail est fini, mon gars. Voici les vingt dollars que je te dois. Merci mille fois.

Il aida le gamin à descendre, lui donna l'argent et l'accompagna jusqu'à la porte. Au moment où Nora entrait dans la cuisine, Spike descendait les marches de l'autre côté.

– Décharge la voiture, ordonna-t-elle.

Elle avait les nerfs à fleur de peau et n'attendait qu'un prétexte pour exploser.

– Que se passe-t-il ? demanda Luther.

Il regretta aussitôt d'avoir posé la question ; la réponse était évidente.

Elle leva les yeux au plafond, s'apprêta à aboyer quelque chose mais parvint à se contenir.

– Décharge la voiture, répéta-t-elle, les dents serrées.

Luther se dirigea vers la porte sur la pointe des pieds. Il était presque arrivé quand il entendit une exclamation dans son dos.

– Quel affreux sapin !

Il pivota sur lui-même, prêt à l'affrontement.

– C'est ça ou rien !

– Des ampoules rouges ? lança Nora d'un ton incrédule.

Trogdon avait enroulé une guirlande autour du tronc de son sapin, une guirlande électrique toute rouge. Avant de transporter l'arbre, Luther avait pensé à l'arracher, mais cela aurait pris un temps fou. Il avait donc essayé, avec l'aide de Spike, de la dissimuler sous des ornements ; Nora l'avait remarquée de la porte de la cuisine.

– Des ampoules rouges ? répéta-t-elle, le nez dans les branches. Jamais nous n'avons eu d'ampoules rouges.

– Elles étaient dans un carton, mentit Luther.

Il n'aimait pas les mensonges mais savait qu'il serait forcé d'y recourir quelque temps.

– Quel carton?

– Comment ça, quel carton? Je piochais dans les cartons à toute vitesse pour décorer le sapin. Crois-tu que le moment soit bien choisi pour faire la fine bouche?

– Des pendeloques? poursuivit-elle en détachant un ornement vert d'une branche. Où as-tu trouvé ce sapin?

– J'ai acheté le dernier des scouts.

Un demi-mensonge seulement.

Son regard parcourut la pièce, s'attarda sur les cartons vides qui jonchaient le sol; elle décida qu'il y avait des sujets de préoccupation plus graves.

– D'ailleurs, ajouta imprudemment Luther, du train où vont les choses, personne ne le verra.

– Tais-toi et décharge la voiture.

Il y avait quatre sacs en papier de produits alimentaires en provenance d'un grand magasin dont Luther n'avait jamais entendu parler, trois sacs à poignée d'une boutique de vêtements du centre commercial, un pack de boissons gazeuses, un autre d'eau minérale et un bouquet hideux venant de chez un fleuriste connu pour ses prix exorbitants. L'expert-comptable aurait volontiers chiffré les dégâts, mais Luther préféra n'en rien faire.

Comment allait-il expliquer cela au bureau? Tout l'argent mis de côté partait en fumée, sans compter la croisière pour laquelle il avait refusé de payer une assurance annulation. Un désastre financier le menaçait et il ne pouvait rien faire pour arrêter l'hémorragie.

— As-tu eu les Yarber et les Friski ? demanda Nora, le combiné sur la joue.

— Oui, ils ne peuvent pas venir.

— Vide les sacs en papier, ordonna-t-elle... Sue, c'est Nora. Joyeux Noël ! Imagine-toi que nous allons avoir une visite-surprise. Blair a appelé pour dire qu'elle arrive ce soir, avec son fiancé, et nous faisons des pieds et des mains pour improviser un réveillon de dernière minute.

Un silence.

— Au Pérou. Nous ne pensions pas la voir avant la fin de l'année prochaine.

— Ça, pour une surprise, c'est une surprise.

Un silence.

— Oui, un fiancé.

Un silence.

— Il est médecin.

Un silence.

— Péruvien, je pense. Elle l'a rencontré là-bas, il y a quelques semaines, et ils veulent déjà se marier. Inutile de te dire que cela nous a fait un choc. Alors, pour ce soir ?

Luther retira d'un sac huit livres de truite fumée de l'Oregon, conditionnée sous blister, cet emballage qui donnait l'impression que le poisson avait été pêché des années auparavant.

— Cela promet une belle soirée, disait Nora. C'est bête que tu ne puisses pas venir. Oui, j'embrasserai Blair de ta part. Joyeux Noël, Sue.

Elle raccrocha et respira un grand coup.

— De la truite fumée ? fit Luther qui n'aurait pas pu choisir plus mal son moment.

— C'était ça ou des pizzas surgelées ! riposta Nora, les yeux étincelants et les poings serrés. Il ne reste plus une dinde, plus un jambon nulle part et, même si j'en avais trouvé, je n'aurais pas eu le temps de les faire cuire. Eh oui, monsieur, nous aurons de la truite fumée pour Noël.

Le téléphone sonna ; Nora décrocha aussitôt.

— Allo ! Emily, comment vas-tu ? Merci de rappeler.

Luther ne voyait absolument pas qui pouvait être Emily. Il sortit d'un sac une boule de cheddar de trois livres, un gros quartier d'emmental, plusieurs boîtes de crackers, des coquillages en conserve et trois tartes au chocolat de l'avant-veille, achetées dans une pâtisserie que Nora avait toujours évitée. Elle était en train de parler de leur réveillon de dernière minute quand Luther l'entendit s'écrier :

— Tu peux venir ? Merveilleux ! Disons vers 19 heures ; ce sera sans façon, à la bonne franquette. Tes parents ? Bien sûr qu'ils peuvent venir. Plus on est de fous plus on rit. Parfait, Emily. À ce soir.

Quand Nora raccrocha, elle ne souriait pas.

— Emily qui ?

— Emily Underwood.

— Non, murmura Luther en lâchant une boîte de biscuits salés.

Nora eut une brusque envie de vider le dernier sac en papier.

— Tu n'as pas fait ça, Nora, reprit Luther. Dis-moi que tu n'as pas invité Mitch Underwood. Pas ici, pas chez nous. Je t'en prie, Nora, dis-moi que ce n'est pas vrai.

– La situation est désespérée.

– Pas à ce point.

– J'aime bien Emily.

– C'est une sorcière, tu le sais parfaitement. Tu l'aimes bien ? À quand remonte la dernière fois où vous avez déjeuné ensemble, pris un petit-déjeuner ou même un café ?

– Nous avons besoin de gens, Luther.

– Mitch est un insupportable moulin à paroles. Tout le monde fuit les Underwood, Nora. Pourquoi ?

– Ils viennent. Tu devrais t'en réjouir.

– Ils viennent, parce que pas un individu sain d'esprit ne les inviterait à une soirée quelconque. Ils sont toujours libres.

– Passe-moi ce fromage.

– C'est une blague, hein ?

– Il s'entendra bien avec Enrique.

– Enrique ne remettra plus les pieds aux États-Unis quand Mitch Underwood en aura fini avec lui. Il déteste absolument tout : notre ville, notre État, les démocrates, les républicains, les indépendants, l'air pur, que sais-je ? C'est le plus grand raseur que la terre ait jamais porté. Il sera à moitié bourré et on n'entendra que lui à des kilomètres à la ronde.

– Calme-toi, Luther, ce qui est fait est fait. À propos d'alcool, je n'ai pas eu le temps d'acheter le vin. Il va falloir que tu y ailles.

– Je ne veux pas quitter la sécurité de mon foyer.

– Bien sûr que si. Je n'ai pas vu Frosty.

– Je ne m'occupe pas de Frosty, c'est décidé.

– Bien sûr que si.

Nouvelle sonnerie du téléphone ; Nora décrocha.

– Qui ça peut bien être, fit Luther à mi-voix. Ça pourrait pas être pire, de toute façon.

– Blair, annonça Nora. Ça va, ma chérie ?

– Donne-moi le téléphone, marmonna Luther. Je vais les renvoyer au Pérou.

– Vous êtes à Atlanta... Très bien.

Un silence.

– Nous sommes en cuisine, ma chérie. Il faut tout préparer pour ce soir.

Un silence.

– Nous aussi, nous sommes impatients.

Un silence.

– Bien sûr que je fais une tarte à la crème au caramel. Je sais que tu adores ça.

Un regard horrifié en direction de Luther.

– Oui, ma chérie, nous serons à l'aéroport à 6 heures. Je t'embrasse.

Luther regarda sa montre : 3 heures.

– J'ai besoin d'un kilo de caramel et d'un pot de crème à la guimauve, déclara Nora en raccrochant.

– Je termine la décoration du sapin, fit Luther. Je ne veux pas affronter la foule.

Nora se mordilla un ongle le temps d'évaluer la situation. Cela signifiait qu'elle mûrissait un plan, probablement compliqué.

– Voici ce que nous allons faire, commença-t-elle. Nous nous donnons jusqu'à 4 heures pour terminer la décoration. Combien de temps faut-il pour installer Frosty ?

— Trois jours.

— À 4 heures, je fais un dernier tour en ville et tu montes Frosty sur le toit. En attendant, nous appelons tous ceux qui sont dans notre carnet d'adresses.

— Ne dis à personne qu'Underwood est invité.

— Tais-toi, Luther !

— Truite fumée et Mitch Underwood. Ce sera le réveillon le plus couru de l'année.

Nora mit un CD de chants de Noël de Sinatra. Pendant vingt minutes, Luther continua d'accumuler les ornements sur le sapin de Trogdon tandis qu'elle disposait sur les meubles des bougies et des pères Noël en céramique, et décorait la tablette de cheminée avec du houx et du gui en plastique. Ils n'échangèrent pas un seul mot pendant un long moment. Nora rompit le silence d'une voix autoritaire.

— Les cartons peuvent remonter dans le grenier.

De toutes les corvées de Noël, celle que Luther redoutait le plus était de monter et de descendre des cartons par l'escalier escamotable du grenier. D'abord monter à l'étage, enfiler l'étroit couloir entre deux chambres, puis changer de position sur le fragile escalier afin que le carton, forcément trop gros, puisse passer par l'ouverture du grenier. Une opération aussi délicate à la montée qu'à la descente ; c'était miracle si, depuis le temps, Luther ne s'était pas rompu quelque chose.

— Après ça, tu commenceras à installer Frosty, ordonna Nora d'un ton impérieux.

Elle força la main du révérend Zabriskie qui finit par lui accorder une demi-heure. Luther, le couteau sous la gorge, appela sa secrétaire et fit pression sur elle ; Dox accepta de passer une dizaine de minutes. Mariée trois fois, divorcée trois fois, elle avait toujours quelqu'un avec qui sortir. Avec ces deux-là, plus le révérend et Mme Zabriskie, plus la famille Underwood, Luther arrivait, en étant optimiste, à un total de huit invités, à condition qu'ils soient tous là au même moment. Douze en comptant les Krank, Blair et Enrique.

Nora eut de la peine à retenir ses larmes. Douze personnes pour le réveillon de Noël ; la pièce donnerait l'impression d'être vide.

Elle téléphona aux deux magasins de vins et spiritueux dont elle était cliente. Le premier était fermé, l'autre ouvrirait dans une demi-heure. À 16 heures tapantes, Nora partit en noyant son mari sous un déluge d'instructions ; Luther envisagea sérieusement d'aller se taper un grand verre de cognac.

16.

Quelques minutes après le départ de Nora, le téléphone sonna. Luther décrocha en se disant que c'était peut-être encore Blair. Il allait lui avouer la vérité. Il lui dirait sa façon de penser sur cette visite-surprise inconsidérée, égoïste. Elle se sentirait blessée, mais s'en remettrait. Si elle avait vraiment l'intention de se marier, elle aurait besoin d'eux.

– Allô! fit-il sèchement.

– C'est Mitch Underwood, répondit une voix tonitruante dont le timbre donna à Luther l'envie d'enfoncer la tête dans le four.

– Salut, Mitch.

– Joyeux Noël à vous tous! Écoutez, Luther, je tiens à vous remercier pour l'invitation, mais ça ne va pas être possible. Nous sommes très demandés, vous comprenez.

Assurément, tout le monde s'arrachait les Underwood. On était friand des insupportables diatribes de Mitch contre la taxe foncière et le plan d'occupation des sols.

— Je suis vraiment navré, Mitch, soupira Luther. L'an prochain, peut-être.

— Oui, passez-nous un coup de fil.

— Joyeux Noël, Mitch.

De douze les invités se retrouvaient huit ; de nouvelles défections étaient à craindre. Luther n'avait pas fait deux pas que la sonnerie du téléphone l'arrêta net.

— Monsieur Krank, c'est moi, Dox, bredouilla une voix.

— Bonjour, Dox.

— Je suis désolée pour votre croisière, monsieur Krank.

— Vous l'avez déjà dit tout à l'heure.

— Voilà, il y a du nouveau. L'homme avec qui je sors ce soir voulait me faire une surprise en m'invitant au Tanner Hall. Champagne, caviar et tout le tralala. Il a réservé depuis un mois. Je ne peux pas refuser, vous comprenez.

— Bien sûr, Dox.

— Il a même loué une limousine... Le grand jeu. Il est adorable.

— Certainement, Dox.

— Nous n'allons pas pouvoir passer chez vous, mais cela m'aurait fait tellement plaisir de voir Blair.

Blair était partie depuis un mois ; Dox ne l'avait pas vue depuis deux ans.

— Je le lui dirai.

– Vous ne m'en voulez pas, monsieur Krank?

– Pas de problème.

Plus que six. Les trois Krank, Enrique et les Zabriskie. Il faillit appeler Nora pour lui annoncer les mauvaises nouvelles, mais à quoi bon la peiner? La pauvre, elle était déjà en train de se creuser la cervelle pour trouver des solutions. Il n'allait pas lui donner une raison supplémentaire de lui reprocher son idée de génie qui avait mal tourné.

Luther se demanda si un petit verre de cognac ne lui ferait pas le plus grand bien.

Spike Frohmeyer fit un rapport complet sur tout ce qu'il avait vu et entendu. Avec quarante dollars en poche et une vague promesse de garder le silence, il hésita d'abord à parler. Mais tout se savait à Hemlock. Sous le feu roulant des questions de son père, il finit par vider son sac.

Il raconta qu'il avait reçu de l'argent de M. Krank pour l'aider à transporter le sapin des Trogdon, qu'ils l'avaient installé dans le séjour et avaient disposé au hasard les ornements et les guirlandes lumineuses. Que M. Krank n'avait pas arrêté de téléphoner, qu'il en avait entendu juste assez pour comprendre que les Krank organisaient un réveillon de dernière minute mais que personne ne voulait venir. Il ne savait pas pour quelle raison ils avaient changé d'avis ni pourquoi ils s'y prenaient si tard, car M. Krank avait utilisé le téléphone de la cuisine en parlant à voix basse. Mme Krank était partie faire des courses et appelait toutes les dix minutes.

À en croire Spike, la situation était très tendue chez les Krank. Vic Frohmeyer appela Ned Becker qui avait été alerté par Walt Scheel ; les trois hommes ne tardèrent pas à organiser une conversation à trois, Walt et Ned restant en contact visuel avec la maison des Krank.

— Elle vient de repartir précipitamment, signala Walt. Je n'ai jamais vu Nora conduire aussi vite.

— Où est Luther ? demanda Frohmeyer.

— À l'intérieur, répondit Walt. On dirait qu'il en a fini avec le sapin. Je le trouvais mieux chez les Trogdon.

— Ils mijotent quelque chose, déclara Ned Becker.

Nora avait deux cartons de vin dans son caddie, six rouges et six blancs ; elle se demandait pourquoi elle en avait acheté autant. Qui allait boire tout cela ? Elle, peut-être. Et elle avait choisi de bons vins : elle voulait voir la tête de Luther quand il recevrait la facture. Tout cet argent qu'ils devaient économiser pour Noël, ils pouvaient en faire leur deuil !

Un employé était en train de baisser le rideau de fer et de fermer la porte. Le caissier bousculait les derniers clients. Il y avait trois personnes devant Nora, une derrière. Son portable sonna dans la poche de son manteau.

— Allô, fit-elle d'une voix étouffée.

— Nora, c'est Doug Zabriskie.

— Bonsoir, mon père.

Elle avait les jambes en coton ; la voix du révérend le trahissait.

– Il y a un petit problème de notre côté, je le crains, commença-t-il d'un ton affligé. Ces réveillons de Noël sont toujours confus, chacun part de son côté. Et la tante de Beth, celle de Toledo, vient de débarquer chez nous, ce qui ne fait que compliquer les choses. Je crains qu'il nous soit impossible de passer chez vous et de voir Blair ce soir.

À l'entendre, on aurait pu croire qu'il n'avait pas vu Blair depuis des années.

– C'est bien dommage.

Nora parvint à mettre dans sa voix une pointe de compassion. Elle avait envie de hurler et de pleurer en même temps.

– Ce n'est que partie remise, ajouta-t-elle.

– Pas de problème alors?

– Aucun problème, mon père.

Ils se quittèrent en se souhaitant un joyeux Noël. Nora mordit sa lèvre tremblante. Elle paya le vin et le transporta sur plusieurs centaines de mètres, jusqu'à la voiture, en maudissant son mari pendant tout le trajet. Elle se rendit à pied au Kroger voisin, joua des coudes pour entrer et arpenta les allées à la recherche de caramels.

Elle appela Luther : pas de réponse. Il avait intérêt à être sur le toit.

Ils se trouvèrent nez à nez devant le beurre de cacahouètes et se virent en même temps. Elle reconnut la tignasse rousse, la barbe orange et gris, et les petites lunettes noires et rondes, mais le nom lui échappait. Lui, pourtant, s'adressa à elle sans hésiter.

– Joyeux Noël, Nora.

— Joyeux Noël à vous, répondit-elle avec un sourire chaleureux.

Il était arrivé quelque chose à sa femme, soit elle avait succombé à une maladie, soit elle s'était enfuie avec un homme plus jeune. Ils s'étaient rencontrés des années auparavant, dans une soirée. Ce n'est que plus tard qu'elle avait appris ce qui était arrivé à sa femme. Comment s'appelait-il ? Peut-être travaillait-il à l'université. Il était bien habillé : un élégant trench-coat sur un cardigan. Il avait un panier vide à la main.

— Où courez-vous donc comme ça ? demanda-t-il.

— Des achats de dernière minute, vous savez ce que c'est. Et vous ?

Nora avait le sentiment qu'il n'avait rien à faire, qu'il était juste sorti pour se mêler à la foule, qu'il devait être seul.

Pourquoi ne se souvenait-elle pas de ce qui était arrivé à sa femme ?

Pas d'alliance visible.

— Deux ou trois choses à acheter. Vous faites un grand repas demain midi ? ajouta-t-il en lorgnant le beurre de cacahouètes du coin de l'œil.

— Non, ce soir. Notre fille revient d'Amérique du Sud ; nous improvisons le réveillon.

— Blair ?

— Oui.

Il connaissait Blair ! Nora se jeta à l'eau.

— Cela vous dirait de passer ?

— Vous parlez sérieusement ?

— Bien sûr. Vous n'êtes pas obligé de rester. Il y aura des tas de gens et plein de bonnes choses.

176

En pensant à la truite fumée, elle réprima un haut-le-cœur. Son nom allait certainement lui revenir.

— À quelle heure ? demanda-t-il, visiblement ravi.

— Le plus tôt sera le mieux. Disons 7 heures.

— Dans deux heures, alors ? fit-il en regardant sa montre.

Deux heures ! Nora avait sa propre montre, mais l'entendre dans la bouche d'un autre ! Deux heures !

— Il faut que je file !

— Vous habitez à Hemlock, c'est ça ?

— Oui. Au quatorze soixante-dix-huit.

Qui était cet homme ?

Elle s'esquiva en priant pour que le nom lui revienne. Elle trouva les caramels, la crème à la guimauve et les fonds de tarte.

À la caisse rapide – moins de dix articles – la queue s'étirait jusqu'aux surgelés. De sa place, au bout de la file, Nora voyait à peine la caissière ; incapable de regarder sa montre, elle était prête à s'abandonner au désespoir.

17.

Il n'avait pas une seconde à perdre, mais il attendit le dernier moment. La nuit tomberait rapidement, dès 17 h 30, et, dans son affolement, Luther avait laissé germer dans un coin de sa tête l'idée saugrenue de mettre l'obscurité à profit pour installer Frosty sur le toit. Ça ne marcherait pas, il le savait, mais il lui était difficile d'atteindre le rationnel et de s'y tenir.

Il passa un moment à élaborer son plan. Il passerait par-derrière, une attaque frontale étant exclue ; il ne voulait pas courir le risque d'être surpris par Walt Scheel ou Vic Frohmeyer.

Luther parvint à remonter Frosty du sous-sol sans dommage ni pour l'un ni pour l'autre, mais il jurait comme un charretier en arrivant dans le patio. Il alla chercher l'échelle dans la remise, au fond du jardin. Jusqu'à présent, personne ne l'avait vu, du moins l'espérait-il.

Le toit était légèrement mouillé, avec une ou deux plaques de glace ; il faisait beaucoup plus froid là-haut. Une corde de nylon de six millimètres enroulée autour de la taille, terrifié, Luther rampa comme un chat sur les bardeaux asphaltés jusqu'au sommet du toit. Il passa prudemment la tête par-dessus le faîte pour regarder en contrebas : la maison des Scheel était juste devant.

Il attacha la corde autour de la cheminée et commença à redescendre, lentement, jusqu'à ce qu'une plaque de glace le fasse glisser sur soixante centimètres. Il parvint à se retenir, s'immobilisa pour laisser à son cœur le temps de se remettre en marche. Il baissa les yeux, horrifié. Si, par malheur, il lâchait prise, il tomberait en chute libre sur le mobilier métallique du patio posé sur un sol de brique. La mort ne serait pas instantanée, que non ! Il souffrirait et, s'il n'en mourait pas, il aurait une fracture des vertèbres cervicales ou des lésions cérébrales.

Il était totalement ridicule pour un homme de cinquante-quatre ans de jouer à ce genre de jeu.

Le plus terrifiant consistait à reprendre pied sur l'échelle, ce qu'il fit en enfonçant ses ongles dans les bardeaux et en balançant l'une après l'autre ses jambes dans le vide, par-dessus la gouttière. De retour sur la terre ferme, il prit une longue inspiration et se félicita d'être sorti indemne de ce premier aller et retour.

Frosty était composé de quatre éléments : une large base circulaire, une boule, puis le tronc – un bras levé, l'autre main sur la hanche – et enfin la tête

– un sourire niais, une pipe en épi de maïs au coin des lèvres, un haut-de-forme noir. Luther assembla le bonhomme de neige, emboîtant chaque élément dans le suivant ; il maugréa pendant toute l'opération. Puis il vissa l'ampoule dans les entrailles de Frosty, brancha la rallonge de vingt-cinq mètres, passa la corde de nylon autour de la taille du bonhomme de neige et le mit en position pour l'ascension.

Il était 16 h 45. Sa fille et le fiancé tout neuf devaient arriver dans une heure et quinze minutes. Le trajet jusqu'à l'aéroport prenait vingt minutes, sans compter le stationnement, la navette, la marche et les bousculades en tout genre.

Luther eut envie de tout laisser tomber et de se jeter sur la bouteille de cognac.

Mais il tendit la corde attachée à la cheminée et Frosty commença à s'élever. Luther l'accompagna en montant à l'échelle et l'aida à passer par-dessus la gouttière. Luther tirait, Frosty avançait un peu. Les vingt kilos de plastique du bonhomme de neige commençaient à peser lourd. Ils progressèrent lentement, côte à côte, Luther à quatre pattes, Frosty sur le dos.

Le ciel commençait à s'assombrir, mais l'obscurité n'était pas encore une alliée. Quand ils atteindraient le faîte du toit, Luther deviendrait vulnérable. Il serait obligé de se tenir debout pour mettre le bonhomme de neige en place et le fixer à la cheminée. Ensuite, éclairé par l'ampoule de deux cents watts, Frosty rejoindrait ses quarante et un compagnons et tout Hemlock saurait que Luther avait baissé culotte. Il prit le temps de respirer, juste avant le faîtage, de se convaincre qu'il se fichait comme de sa première chemise de ce que pensaient ou disaient les voisins. Étendu sur le dos, serrant la corde qui retenait Frosty, regardant les nuages défiler au-dessus de sa tête, il se rendit compte qu'il transpirait et grelottait. On allait ricaner, se payer sa tête, on raconterait pendant des années l'histoire de Luther qui avait voulu sauter Noël et il serait un objet de risée. Au fond, quelle importance ?

Blair serait heureuse. Enrique verrait un vrai Noël américain. Nora, il l'espérait, serait apaisée.

Puis il pensa au *Princesse des îles* qui, le lendemain, à Miami, lèverait l'ancre sans deux de ses passagers pour faire route vers ces plages des Caraïbes dont il avait tant rêvé.

Cela lui donna envie de vomir.

Walt Scheel était dans la cuisine où Bev finissait de préparer une tarte quand, suivant sa nouvelle habitude, il se planta devant la fenêtre pour observer la maison des Krank. D'abord, rien, puis la surprise le figea sur place. Il distingua la tête de Luther qui dépassait du toit, tout près de la cheminée, puis vit lentement apparaître le haut-de-forme noir de Frosty et sa face rebondie.

— Bev ! hurla-t-il.

Luther se hissa sur le faîte, parcourut la rue du regard comme un cambrioleur, prit appui sur la cheminée et commença à tirer sur Frosty.

— Ce n'est pas possible, souffla Bev en s'essuyant les mains sur un torchon.

Walt riait trop fort pour pouvoir parler. Il sauta sur le téléphone pour appeler Frohmeyer et Becker.

Quand Frosty fut en haut, Luther le fit délicatement pivoter pour le placer à l'avant de la cheminée, à l'endroit qu'il avait choisi. Son idée était de le garder en équilibre un instant, le temps de passer autour de sa taille garnie de bourrelets la large bande de toile qu'il attacherait solidement à la cheminée. Comme l'année précédente. Tout s'était bien passé.

Vic Frohmeyer dévala l'escalier pour descendre au sous-sol où ses enfants regardaient un film de Noël.

– M. Krank est en train d'installer son Frosty. Vous pouvez aller regarder, mais restez sur le trottoir.

Le sous-sol se vida en quelques secondes.

Il y avait une plaque de glace sur le devant du toit, à quelques centimètres de la cheminée, pratiquement invisible. Frosty était en position mais pas encore attaché ; Luther n'avait plus qu'à retirer la corde de nylon, tendre le prolongateur électrique et passer la bande de toile autour de la cheminée. Au moment où il abordait l'étape la plus délicate de l'opération, il entendit des voix dans la rue. En se tournant pour voir qui le regardait, il posa le pied sur la plaque de glace et tout bascula. Frosty que plus rien ne retenait – ni corde, ni rallonge, ni bande de toile, rien – s'inclina vers l'avant, glissa et dégringola dans le vide. Luther le suivait de près, mais, par bonheur, il avait réussi à se prendre les pieds dans la corde et la rallonge. Glissant la tête la première sur le toit en pente raide, hurlant assez fort pour que les Scheel l'entendent de leur cuisine, Luther allait vers une mort certaine.

Il devait par la suite se souvenir parfaitement de sa chute. Il y avait à l'évidence plus de glace à l'avant du toit qu'à l'arrière ; une fois lancé, il avait eu l'impression d'être un palet de hockey. Il se rappelait avoir décollé du toit, la tête en avant, pour se fracasser sur son allée cimentée. Il se souvenait d'avoir entendu, sans le voir, Frosty s'écraser au sol. Puis il avait éprouvé une douleur aiguë aux chevilles quand sa chute avait été arrêtée par la corde de nylon et le prolongateur électrique qui s'étaient tendus violemment, le secouant comme un fouet mais lui sauvant la vie.

Walt Scheel ne put résister au spectacle de Luther dévalant le toit, apparemment à la poursuite de son Frosty. Plié de rire, il se tenait les côtes tandis que Bev ouvrait des yeux horrifiés.

— Arrête, Walt ! hurla-t-elle. Fais quelque chose.

Suspendu par les chevilles, tournoyant au-dessus du sol cimenté, Luther avait les pieds juste au-dessous de la gouttière. Après quelques tours, la corde et la rallonge étaient entrelacées et Luther cessa de tourner sur lui-même. Il avait mal au cœur ; il ferma les yeux. Comment s'y prend-on pour vomir quand on a la tête en bas ?

Walt composa le numéro de la police. Il signala qu'un homme était blessé à Hemlock, que sa vie pouvait même être en danger et demanda qu'on envoie des secours de toute urgence. Puis il sortit de chez lui, traversa la rue et s'arrêta au-dessous de Luther, où les enfants étaient rassemblés. Vic Frohmeyer accourait, suivi par la famille Becker au grand complet.

Luther entendit un des enfants dire : « Pauvre Frosty. »

Je t'en foutrais des pauvres Frosty! aurait-il voulu répliquer.

La corde de nylon enroulée autour de ses chevilles mordait dans la chair; il avait peur de bouger, car elle ne paraissait pas solide. Il se trouvait encore à deux mètres cinquante du sol et une chute serait dramatique. La tête en bas, il essayait de respirer normalement et de rassembler ses esprits. Il reconnut la voix de Frohmeyer. Personne n'aura donc assez pitié de moi pour m'achever?

— Ça va, Luther? demanda Frohmeyer.

— Très bien, Vic, merci. Et toi?

Luther recommença à tourner sur lui-même, légèrement, poussé par le vent. Il revint lentement en sens inverse, face à la rue, pour se trouver devant ses voisins, les dernières personnes qu'il aurait souhaité voir.

— Apportez une échelle, cria quelqu'un.

— C'est une rallonge qu'il a autour des pieds? s'enquit quelqu'un d'autre.

— Où est attachée cette corde? lança un troisième.

Toutes les voix étaient familières, mais Luther ne pouvait mettre un nom sur aucune d'elles.

— J'ai appelé la police.

C'était Walt Scheel.

— Merci, Walt, dit Luther d'une voix forte, en direction de la foule.

Mais il était déjà en train de se retourner vers la maison.

– Je crois que Frosty est mort, murmura un enfant à un autre.

Suspendu dans le vide, attendant la mort, attendant que la corde lâche et l'envoie se fracasser sur le sol, Luther se prit à détester Noël avec une force accrue.

Tout cela à cause de Noël.

Il détestait aussi ses voisins, tous sans exception, jeunes et vieux. Ils étaient maintenant plusieurs dizaines devant chez lui ; il les entendait arriver et, quand sa position le lui permettait, il en voyait d'autres accourir. Personne ne voulait manquer un tel spectacle.

La corde et la rallonge firent un bruit sec quelque part sur le toit, puis elles se détendirent ; Luther descendit de quinze centimètres avant de s'immobiliser brutalement. Des cris étouffés s'élevèrent de la foule. Certains d'entre eux devaient avoir envie d'applaudir.

Frohmeyer aboyait des ordres comme s'il faisait quotidiennement face à ce genre de situation. Deux échelles arrivèrent ; on les plaça de chaque côté de Luther. Du patio, Ned Becker cria qu'il avait trouvé ce qui retenait le prolongateur électrique et la corde de nylon : à son avis de connaisseur, cela ne tiendrait pas longtemps.

– As-tu branché la rallonge, Luther ? demanda Frohmeyer.

– Non.

– Nous allons te faire descendre, ne t'inquiète pas.

— Merci.

Frohmeyer montait à une échelle, Ned Becker à l'autre. Luther savait que Swade Kerr était en bas, ainsi que Ralph Brixley, John Galdy et d'autres parmi les plus vieux habitants de la rue.

Ma vie est entre leurs mains, songea-t-il en fermant les yeux. Malgré les cinq kilos perdus pour la croisière, il en pesait encore soixante-dix-neuf. Comment, exactement, allaient-ils s'y prendre pour le détacher, puis le faire descendre jusqu'à terre? Les sauveteurs étaient des hommes d'âge mûr qui, pour tout exercice, faisaient un parcours de golf. Pas de la gonflette. C'est Swade Kerr, un frêle végétarien, à peine capable de se pencher pour ramasser son journal, qui se trouvait au-dessous de Luther et avait sans doute l'intention de le soutenir pendant sa descente.

— Comment allez-vous procéder, Vic?

Difficile de parler quand on a les pieds au-dessus de la tête. La pesanteur faisait affluer le sang à son cerveau, il entendait le battement de ses artères.

Vic hésita; il n'avait pas d'idée précise sur ce qu'il convenait de faire.

Luther ne voyait pas qu'un groupe d'hommes se tenait juste au-dessous de lui afin d'amortir sa chute.

Mais il entendit deux choses. D'abord une voix qui annonça : « Voilà Nora ! »

Puis le hululement d'une sirène.

18.

Les badauds s'écartèrent pour laisser le passage à l'ambulance. Le véhicule de secours s'arrêta à trois mètres des échelles, de l'homme suspendu par les pieds et de ses prétendus sauveteurs. Deux secouristes et un pompier bondirent pour retirer les échelles et chasser Frohmeyer et sa clique. L'un d'eux se remit au volant pour faire avancer lentement le véhicule sous Luther Krank.

– Luther, qu'est-ce que tu fais là-haut ? s'écria Nora en fendant la foule des curieux.

– À ton avis ? hurla Luther, ce qui eut pour effet d'intensifier le battement de ses artères.

– Tu n'as pas de mal ?

– Tout va très bien.

Les secouristes et le pompier grimpèrent sur le toit de l'ambulance ; ils soulevèrent Luther de quelques centimètres pour démêler la corde et la rallonge, puis le firent descendre avec précaution. Il y eut quelques applaudissements, mais les curieux, pour la plupart, ne montrèrent qu'indifférence.

Les secouristes le firent allonger par terre pour l'examiner et le transportèrent à l'arrière de l'ambulance. Luther ne sentait plus ses pieds ; il était incapable de se tenir debout. Le voyant frissonner, un secouriste l'enveloppa dans deux couvertures orange. Assis à l'arrière du véhicule de secours, la tête tournée vers la rue, essayant de ne pas prêter attention aux regards curieux de tous ces gens qui, il en était sûr, se réjouissaient de son humiliation, Luther sentit un profond soulagement l'envahir. La chute sur le toit glissant n'avait duré que quelques secondes, mais l'avait empli de terreur. Comment ne pas s'estimer heureux d'en être sorti indemne ?

Ils pouvaient rester bouche bée à le dévisager. Il n'en avait que faire ; la douleur était trop forte.

Nora vint s'assurer qu'il n'avait pas de mal. Elle reconnut le pompier Kistler et le secouriste Kendall, les deux sympathiques jeunes gens qui étaient passés chez eux une quinzaine de jours plus tôt pour vendre des cakes. Elle les remercia d'avoir sauvé son mari.

— Vous voulez aller à l'hôpital ? demanda Kendall.

— Par mesure de précaution, ajouta Kistler.

— Non, merci, répondit Luther en claquant des dents. Je n'ai rien de cassé.

Il avait pourtant, en prononçant ces mots, le sentiment que tout était cassé.

Une voiture de police arriva à toute allure et se gara au bord de la chaussée ; les lumières restèrent allumées. Treen et Salino en descendirent et se frayèrent un passage dans la foule pour faire leur enquête.

Frohmeyer, Becker, Kerr, Scheel, Brixley, Kropp, Galdy, Bellington : tous se resserrèrent autour des Krank. Spike se fit une petite place parmi eux. Tandis que Luther récupérait en répondant aux questions prévisibles des deux fonctionnaires en uniforme, tous les riverains de la rue ou presque se rapprochèrent pour mieux voir.

Salino finit par comprendre l'essentiel de l'histoire.

— Tout ça pour installer Frosty? lança-t-il d'une voix forte. Je croyais que vous ne vouliez pas fêter Noël cette année, monsieur Krank. D'abord vous empruntez un sapin et maintenant vous montez sur le toit...

— Que se passe-t-il, Luther? interrogea Frohmeyer.

Cette question posée publiquement appelait une réponse publique. Luther se tourna vers Nora; il comprit qu'elle ne desserrerait pas les dents. À lui de fournir les explications.

— Blair revient à la maison, pour Noël, lâcha Luther en se frottant la cheville gauche.

— Blair revient pour Noël, répéta Frohmeyer à la cantonade.

La nouvelle se répandit dans l'assistance comme une traînée de poudre. Quelle que fût, en ces temps troublés, leur opinion sur Luther, les voisins adoraient Blair. Ils l'avaient vue grandir et partir à l'université, ils avaient attendu son retour tous les étés. Elle avait fait du baby-sitting pour la plupart des bambins d'Hemlock. Fille unique, elle traitait les autres enfants comme des membres de sa propre famille ; elle était un peu leur grande sœur à tous.

— Et elle amène son fiancé, ajouta Luther.

Cela provoqua de nouveaux murmures dans la foule.

— Qui est Blair ? demanda Salino du ton d'un inspecteur de la criminelle en quête d'indices.

— Ma fille, répondit Luther. Elle est partie au Pérou il y a un mois, avec le Peace Corps, et ne devait pas revenir avant un an. C'est ce que nous pensions. Mais elle a téléphoné en fin de matinée pour dire qu'elle était à Miami et nous annoncer sa visite. Elle voulait nous faire une surprise pour Noël. Elle vient avec son fiancé, un médecin qu'elle a rencontré là-bas.

Nora s'approcha de lui et le prit par le coude.

— Elle s'attend à trouver un sapin de Noël ? demanda Frohmeyer.

— Oui.

— Et Frosty sur le toit ?

— Naturellement.

— Et le réveillon traditionnel chez les Krank ?

— Le réveillon aussi.

La foule se rapprocha encore pendant que Frohmeyer analysait la situation.

— À quelle heure sera-t-elle là ? demanda-t-il.

— Son avion arrive à 6 heures.

— 6 heures !

192

Tout le monde regarda sa montre. Luther se frotta l'autre cheville. Il avait des picotements dans les pieds ; c'était bon signe. Le sang recommençait à circuler.

Vic Frohmeyer fit un pas en arrière pour regarder ceux qui l'entouraient. Il s'éclaircit la voix, bomba la poitrine.

– Écoutez, tout le monde, voici ce que je propose, commença-t-il. Nous allons faire le réveillon chez les Krank pour souhaiter la bienvenue à Blair. Que ceux d'entre vous qui le peuvent laissent tomber ce qu'ils faisaient et se mettent au boulot. Nora, as-tu une dinde ?

– Non, répondit-elle piteusement. De la truite fumée.

– De la truite fumée ?

– Je n'ai rien trouvé d'autre.

Il y eut quelques murmures dans les rangs des femmes.

– Qui a une dinde ? poursuivit Frohmeyer.

– Nous en avons deux, répondit Jude Becker. Elles sont au four.

– Parfait. Cliff, va chez Brixley avec deux ou trois copains et rapporte son Frosty. Des guirlandes électriques aussi, pour mettre sur les buis de Luther. Tout le monde rentre chez soi, se change et essaie de trouver de la nourriture. Rendez-vous ici dans une demi-heure.

Il se tourna vers Salino et Treen.

– Vous prenez la route de l'aéroport.

– Pour quoi faire ? demanda Salino.

– Pour accompagner Blair.

– Je ne sais pas si...

– Vous voulez que j'appelle votre chef?

Les deux policiers se dirigèrent vers leur voiture. Les voisins commencèrent à se disperser ; ils allaient suivre les instructions de Frohmeyer. Luther et Nora les regardèrent s'éloigner des deux côtés de la rue d'un pas décidé.

Les larmes aux yeux, Nora tourna la tête vers Luther. Il avait envie de pleurer lui aussi ; ses chevilles étaient à vif.

– Combien aurez-vous d'invités ? demanda Vic à Nora.

– Je ne sais pas, répondit-elle, le regard fixé sur la rue vide.

– Ils ne seront pas aussi nombreux que tu le crois, glissa Luther. Les Underwood ont appelé pour se décommander. Dox aussi.

– Même chose pour le révérend Zabriskie, soupira Nora.

– Pas Mitch Underwood, quand même ? s'enquit Frohmeyer.

– Si, mais il ne vient pas.

Quel réveillon sinistre ! se dit Frohmeyer.

– Combien de personnes vous faut-il ?

– Tout le monde est invité, répondit Luther. Tous les riverains.

– C'est ça, approuva Nora. Toute la rue.

– Combien êtes-vous de garde, ce soir ? demanda Frohmeyer à Kistler.

– Huit.

– Les pompiers et les secouristes peuvent venir ? poursuivit Vic en se tournant vers Nora.

– Tout le monde est invité.

– La police aussi, ajouta Luther.

– Il y aura foule.

– Ce serait bien, affirma Nora. Hein, Luther ?

– Oui, répondit-il en serrant les couvertures autour de son cou. Cela ferait plaisir à Blair.

– Et des petits chanteurs ? ajouta Frohmeyer pour faire bonne mesure.

– Avec joie, fit Nora.

On aida Luther à rentrer chez lui. Avant de pénétrer dans la cuisine, il marchait tout seul mais en traînant terriblement la patte. Kendall lui laissa une canne ; il jura de ne pas s'en servir.

Seuls dans le séjour avec le sapin de Trogdon, Luther et Nora partagèrent un moment de tranquillité devant l'âtre. Ils parlèrent de Blair, essayèrent d'imaginer ce que représenterait pour eux un fiancé, puis un mari et un gendre.

Ils étaient profondément touchés par la solidarité de leurs voisins. Il n'y eut pas un mot sur la croisière.

Après avoir regardé l'heure, Nora annonça qu'elle allait se préparer.

– Je regrette de ne pas avoir eu un appareil photo, fit-elle en se levant. Je t'aurais photographié, suspendu par les pieds devant toute la rue.

Il l'entendit rire jusqu'à la porte de la chambre.

19.

Blair ne fut que légèrement vexée de ne pas voir ses parents. Elle les avait prévenus à la dernière minute, il y avait foule à l'aéroport et ils devaient avoir assez à faire avec la préparation du réveillon, mais enfin, elle amenait l'homme de sa vie. Elle préféra ne rien dire et s'engagea avec Enrique dans le hall, bras dessus, bras dessous, du même pas, se faufilant avec grâce à travers la foule, les hanches soudées, les yeux dans les yeux.

Personne non plus ne les attendait au retrait des bagages. Cependant, en approchant de la sortie, tirant sa valise derrière elle, Blair vit deux policiers tenant un écriteau qui portait en grosses lettres hâtivement tracées : Blair et Enrique.

Le nom d'Enrique était mal orthographié, mais qui s'en souciait ? Dès qu'elle se fut présentée, ils passèrent à l'action ; ils saisirent les bagages et leur dégagèrent le passage dans la cohue. En sortant, Salino expliqua que le chef de la police avait envoyé une escorte pour souhaiter la bienvenue à Blair et Enrique.

— Vous êtes attendus au réveillon, ajouta-t-il en rangeant les bagages dans le coffre d'une des deux voitures de police garées devant la station de taxis.

En bon Sud-Américain, Enrique se montra plus qu'hésitant à monter de son plein gré à l'arrière d'une voiture de police. Il regarda nerveusement autour de lui, vit la bousculade à la sortie, les taxis, les autobus pare-chocs contre pare-chocs au milieu des cris des voyageurs et des coups de sifflet des agents qui essayaient de régler la circulation. L'idée de prendre ses jambes à son cou lui traversa l'esprit, mais son regard revint se poser sur le beau visage de la jeune femme qui avait su gagner son cœur.

— Allons-y, fit Blair.

Ils montèrent dans la voiture; il l'aurait suivie n'importe où.

Le gyrophare en marche, les deux véhicules de police démarrèrent en trombe, zigzaguant entre les véhicules, les forçant à s'écarter.

— C'est toujours comme ça? s'enquit Enrique à voix basse.

— Jamais, répondit Blair.

Elle était sensible à cette attention délicate.

Treen conduisait comme un fou furieux. Salino souriait en pensant à Luther Krank suspendu par les pieds devant tous les habitants de la rue. Mais il ne dirait rien; Blair n'apprendrait jamais la vérité. Il

obéirait aux ordres de Vic Frohmeyer qui s'était fina-
lement adressé au maire et était également au mieux
avec le chef de la police.

Quand ils atteignirent les faubourgs la circulation
devint plus fluide et les premiers flocons de neige
commencèrent à tomber.

— Nous sommes bons pour dix centimètres,
déclara Salino par-dessus son épaule. Vous avez de la
neige au Pérou ?

— Dans les montagnes, répondit Enrique. Mais
j'habite à Lima, la capitale.

— J'ai un cousin qui est allé au Mexique, poursuivit Salino.

Il en resta là : il n'y avait rien d'autre à dire. Le
cousin en question avait failli mourir ; Salino eut la
sagesse de ne pas se lancer dans les histoires d'horreur
des pays du tiers monde.

Blair, qui avait décidé de protéger de toute attaque
son fiancé et sa patrie, s'empressa de changer de
sujet.

— Il a neigé depuis Thanksgiving ?

Rien de tel que le temps pour trouver un terrain
d'entente.

— On en a eu cinq centimètres la semaine dernière, répondit Salino en quêtant l'approbation de
Treen qui, les jointures des doigts toutes blanches à
force d'être crispées sur le volant, réussissait à ne
jamais laisser plus d'un mètre cinquante entre sa voiture et le véhicule de police qui le précédait.

— Dix centimètres, déclara le conducteur avec
autorité.

— Non, protesta Salino. Il n'y en avait pas plus de cinq.

— Dix, répéta Treen en secouant la tête, ce qui irrita Salino.

Ils finirent par se mettre d'accord sur huit centimètres tandis que Blair et Enrique, pelotonnés l'un contre l'autre, regardaient défiler les maisons aux façades soigneusement décorées.

— Nous sommes presque arrivés, fit-elle doucement. Voilà Stanton. Hemlock est la suivante.

Spike faisait le guet. Quand il envoya le signal convenu — deux éclats de lumière verte — avec sa torche de scout, tout le monde était à pied d'œuvre.

Luther se traîna dans la salle de bains où Nora mettait la dernière main à son maquillage. Elle avait passé vingt minutes angoissantes à essayer tout ce qui lui tombait sous la main : fond de teint, poudre, fards. Son merveilleux bronzage était dissimulé à partir du cou et elle était résolue à éclaircir son visage.

Mais il n'y avait rien à faire.

— Tu as le visage amaigri, observa Luther sans mentir.

Un nuage de poudre flottait autour de la tête de Nora.

Luther souffrait trop pour se préoccuper de son hâle. Nora lui avait suggéré de s'habiller en noir : cardigan noir sur un col roulé noir, pantalon gris anthracite. Plus les vêtements seraient sombres, plus la peau semblerait pâle. Il n'avait porté qu'une seule fois le cardigan ; par chance, c'était un cadeau de Blair pour un anniversaire. Le col roulé était neuf. Ni

Nora ni lui ne se souvenaient d'où il venait. Il avait l'impression d'être habillé comme un mafioso.

— Laisse tomber, fit-il en la voyant jeter des flacons.

— Pas question ! riposta Nora. Blair ne sera pas au courant de cette croisière. Peux-tu te mettre ça dans la tête, Luther ?

— Ne lui parle pas de la croisière. Dis-lui que ton médecin t'a recommandé le bronzage pour... quelle vitamine, déjà ?

— D. Celle qu'apporte le soleil, pas un gaufrier. Encore une idée stupide, Luther.

— Dis-lui qu'il a fait beau, que nous avons passé du temps dehors et travaillé dans le jardin.

— Un mensonge qui ne marchera pas. Elle n'est pas aveugle. Un coup d'œil à tes massifs lui suffira pour constater que personne n'y a touché depuis plusieurs mois.

— Aïe !

— D'autres idées de génie ?

— Nous avons pris de l'avance pour nous préparer aux vacances de printemps. J'ai acheté un forfait de bronzage aux UV.

— Très drôle.

Furieuse, elle passa près de lui en laissant derrière elle un nuage de poudre. Luther suivit le couloir en clopinant, sa canne à la main. Il s'apprêtait à rejoindre la foule rassemblée dans son salon quand il entendit quelqu'un crier.

— Les voilà !

À cause d'une bande de toile récalcitrante, Ralph Brixley maintenait son Frosty en place sur le toit de

Luther, près de la cheminée, dans le froid et sous la neige, quand il vit la lumière verte clignoter au bout de la rue.

— Les voilà! cria-t-il dans le patio des Krank où son assistant, Judd Bellington, debout près de l'échelle, essayait de réparer la bande de toile.

Du haut de son perchoir, Ralph regarda avec une certaine fierté (et une certaine frustration, car il avait de plus en plus froid) les voisins accourir en masse à l'aide d'un des leurs, même si c'était Luther Krank.

Une imposante chorale, sous la direction tremblante de Mlle Ellen Mulholland, rassemblée au pied de l'allée, entonna *Vive le vent d'hiver*. Linda Galdy possédait plusieurs clochettes; son petit groupe constitué en toute hâte commença à les agiter pour accompagner les chanteurs. La pelouse était couverte d'enfants du voisinage qui attendaient avec impatience de voir Blair et son mystérieux fiancé.

Quand les deux voitures de police s'arrêtèrent devant chez les Krank, des hourras retentirent : l'accueil enthousiaste des enfants d'Hemlock.

— Mon Dieu! murmura Blair. Quelle foule!

Il y avait un camion de pompiers devant chez les Becker et une longue ambulance vert olive devant chez les Trogdon; toutes les lumières s'allumèrent en même temps pour saluer l'arrivée de Blair. Quand les voitures de police s'arrêtèrent, Vic Frohmeyer en personne ouvrit la portière.

— Joyeux Noël, Blair! lança-t-il d'une voix sonore.

Elle se retrouva aussitôt sur la pelouse avec Enrique, entourée de dizaines de voisins, pendant que la chorale s'en donnait à cœur joie. Blair présentait Enrique qui paraissait quelque peu déconcerté par la chaleur de cette réception. Ils finirent par entrer ; sur le seuil de la salle de séjour, d'autres acclamations s'élevèrent. À la requête de Nora, quatre pompiers et trois policiers, alignés épaule contre épaule devant le sapin, faisaient de leur mieux pour le dissimuler.

Luther et Nora attendaient nerveusement dans leur chambre le moment des retrouvailles en privé avec leur fille et des présentations.

— Et s'il ne nous plaît pas ?

Assis au bord du lit, Luther se massait les chevilles ; en bas, la fête battait son plein.

— Ne dis pas de bêtises, Luther, fit sèchement Nora en finissant de se poudrer les pommettes. Notre fille est intelligente.

— Mais ils viennent de se rencontrer.

— Le coup de foudre.

— Ça n'existe pas.

— Tu as peut-être raison. Il m'a fallu trois ans pour prendre conscience de tes possibilités.

La porte s'ouvrit ; Blair s'élança dans la chambre. Le regard des parents se leva d'abord vers leur fille, puis glissa vers la porte pour voir à quoi ressemblait Enrique.

Il n'avait pas du tout la peau basanée ! Son teint était plus clair que celui de Luther !

Ils serrèrent Blair dans leurs bras et la couvrirent de baisers, comme s'ils ne l'avaient pas vue depuis des années avant de se tourner, soulagés, vers leur futur gendre.

— Vous avez une mine superbe, déclara Blair en les examinant des pieds à la tête.

Nora, avec son pull d'hiver, avait choisi pour la première fois de sa vie un vêtement qui la grossissait ; Luther faisait gigolo sur le retour.

— Nous avons fait attention à notre ligne, expliqua Luther en continuant de secouer la main d'Enrique.

— Tu es allé au soleil ? demanda Blair à son père.

— Nous avons eu une période de très beau temps. J'ai même pris un petit coup de soleil dans le jardin, le week-end dernier.

— Si nous allions rejoindre les autres ? glissa Nora.

— On ne peut pas les faire attendre, ajouta Luther en se dirigeant vers la porte.

— Tu ne trouves pas qu'il est beau comme un ange ? chuchota Blair à l'oreille de sa mère.

— Très beau, approuva Nora avec fierté.

— Pourquoi papa boite-t-il ?

— Il s'est fait mal au pied. Rien de grave.

Il n'échappa pas à Blair que les invités qui se pressaient dans le séjour n'étaient pas les mêmes que d'habitude, mais elle n'y attacha pas d'importance. Les habitués n'étaient pas encore arrivés, contrairement aux voisins. Elle ne comprenait pas non plus ce que les pompiers et les policiers faisaient là.

Il y avait des cadeaux pour Enrique ; il les déballa au centre de la pièce. Ned Becker avait offert une chemise de golf rouge venant d'un club des environs. John Galdy venait de recevoir un ouvrage illustré sur les auberges de la région ; sa femme avait refait le paquet et il l'avait remis à Enrique, ému aux larmes. Aux pompiers qui lui donnaient deux cakes, il avoua qu'on n'avait pas de ces délices au Pérou. Il reçut même un calendrier de l'Association de bienfaisance de la police.

— Son anglais est parfait, murmura Nora à sa fille.

— Meilleur que le mien, répondit Blair sur le même ton.

— Je croyais qu'il n'était jamais venu aux États-Unis.

— Il a fait ses études à Londres.

— Ah bon !

Enrique monta encore d'un cran dans l'estime de Nora. Séduisant, études à l'étranger, médecin de son état.

— Où l'as-tu rencontré ?

— À Lima, pendant les journées d'accueil.

Une clameur s'éleva quand Enrique sortit d'une longue boîte une lampe en lave émaillée, cadeau des Bellington.

— À table ! annonça Luther quand il ne resta plus rien à déballer.

Tout le monde prit la direction de la cuisine où était dressé un buffet. La majeure partie de la nourriture venait de chez les voisins, mais les plats avaient un air de fraîcheur et de fête. Jessica Brixley, probablement la meilleure cuisinière de la rue, s'était chargée de faire de la truite fumée de Nora un mets appétissant.

En entendant dire qu'on passait à table, les chanteurs, gelés et las de la neige qui tombait sans discontinuer en flocons légers, entrèrent se mettre au chaud, suivis par l'ensemble de cloches de Linda Galdy.

L'homme à la barbe orangée striée de fils d'argent que Nora avait rencontré devant le beurre de cacahouètes du Kroger fit son apparition. Il semblait connaître tout le monde, mais personne ne semblait le connaître. Nora l'accueillit chaleureusement, l'observa du coin de l'œil et finit par l'entendre se présenter : il s'appelait Marty. Aimant visiblement les fêtes, il était parfaitement à l'aise. Il coinça Enrique devant une assiette de gâteaux ; les deux hommes se lancèrent sans tarder dans une longue conversation, en espagnol, s'il vous plaît.

— Qui est-ce ? demanda Luther qui passait en boitillant.

— C'est Marty, répondit Nora à mi-voix, comme si elle le connaissait depuis des années.

Quand les estomacs furent remplis, tout le monde regagna le séjour où un grand feu crépitait dans l'âtre. Les enfants chantèrent deux chants de Noël, puis Marty s'avança, une guitare à la main. Enrique se plaça à ses côtés et expliqua qu'il aimerait interpréter avec son nouvel ami deux ou trois chants de Noël traditionnels de son pays.

L'assistance ne comprenait pas les paroles, mais le message était clair. Noël représentait dans le monde entier un moment de joie et de paix.

— En plus, il sait chanter, souffla Nora à l'oreille de sa fille qui écoutait, le visage radieux.

Marty prit le temps d'expliquer entre deux morceaux qu'il avait travaillé au Pérou et que ces chants traditionnels l'emplissaient de nostalgie. Enrique prit la guitare, pinça quelques cordes et commença à chanter d'une voix douce.

Appuyé contre la tablette de la cheminée, passant d'un pied sur l'autre pour ménager ses chevilles, Luther faisait bonne figure, mais il n'avait qu'une envie : se coucher et dormir deux jours d'affilée. Il fit du regard le tour des visages transportés par la musique. Tous ses voisins, excepté les Trogdon, étaient là.

Tous, sauf Walt et Bev Scheel.

20.

À la fin d'un chant de Noël péruvien, mettant à profit les acclamations qui saluaient le duo Enrique et Marty, Luther s'esquiva par la porte de la cuisine pour s'enfoncer dans l'obscurité du garage.

Chaudement habillé – manteau, bonnet de laine, cache-nez, gants et après-skis –, il sortit et descendit l'allée d'une démarche claudicante en s'aidant de la canne qu'il avait juré de ne pas utiliser et en s'efforçant de ne pas grimacer à chaque pas, tellement ses chevilles tuméfiées étaient douloureuses.

Il tenait la canne de la main droite, une grosse enveloppe de la gauche. Quelques flocons de neige voletaient, mais une mince couche recouvrait déjà le sol.

Arrivé sur le trottoir, il se retourna pour regarder la fenêtre de son séjour. La maison était pleine à craquer. Le sapin avait meilleure allure de loin. Sur le toit le Frosty du voisin montait la garde.

La rue était paisible. Le camion de pompiers, l'ambulance et les voitures de police avaient disparu. Luther regarda des deux côtés sans voir âme qui vive. La plupart des gens étaient chez lui, reprenant un refrain en chœur, lui permettant d'échapper à la foule pour ce qui était assurément une démarche des plus curieuses.

L'extérieur de la maison des Scheel était bien éclairé, mais l'intérieur semblait plongé dans le noir. Luther remonta l'allée d'un pas lent. Les après-skis frottaient sur ses chevilles à vif ; sans la canne, il n'aurait pu se déplacer. Il actionna la sonnette de la porte d'entrée, se retourna encore une fois pour regarder sa maison. Ralph Brixley et Judd Bellington apparurent et commencèrent à tendre précipitamment une guirlande lumineuse sur ses buis.

Il ferma les yeux un instant, secoua la tête, regarda ses pieds.

Walt Scheel ouvrit la porte.

— Tiens, Luther ! lança-t-il d'un ton enjoué. Joyeux Noël !

— Joyeux Noël, Walt, répondit Luther avec un sourire venant du cœur.

— Tu vas rater ta fête.

— J'en ai pour une minute, Walt. Je peux entrer ?

— Bien sûr.

Luther franchit le seuil et s'arrêta sur un paillasson. Il avait marché dans la neige et ne voulait pas salir.

— Veux-tu que je te débarrasse de ton manteau ? demanda Walt.

Quelque chose cuisait au four ; Luther y vit un bon signe.

— Non, merci. Comment va Bev ?

— La journée a été bonne, merci. Nous nous préparions à sortir pour aller dire bonjour à Blair, mais il a commencé à neiger. Alors, le fiancé ?

— Un jeune homme très sympathique.

Bev Scheel sortit de la salle à manger. Elle salua Luther, lui souhaita un joyeux Noël. Elle portait un gros tricot rouge et ne paraissait pas changée. Le bruit courait que les médecins lui donnaient six mois.

— Tu as fait une méchante chute, reprit Walt en souriant.

— Cela aurait pu se terminer plus mal.

Luther essaya de prendre plaisir à se moquer de lui-même ; il décida qu'il valait mieux ne pas s'attarder là-dessus. Il s'éclaircit la voix.

— Comme Blair va passer une dizaine de jours à la maison, commença-t-il, nous n'allons pas faire la croisière. Nous avons pensé, Nora et moi, que vous pourriez en profiter.

Il leva légèrement l'enveloppe, esquissa un geste dans leur direction.

Ils ne réagirent pas tout de suite. Ils échangèrent des regards, essayèrent d'analyser la situation, trop abasourdis dans un premier temps pour pouvoir parler.

— L'avion part demain midi, poursuivit Luther. Il vous faudra arriver assez tôt pour faire changer les noms et accomplir quelques formalités. De petits tracas, mais cela en vaut la peine. J'ai prévenu mon agence de voyages. Dix jours aux Antilles, les plages, les îles et tout le tralala. Des vacances de rêve.

Walt secoua la tête, pas très fort ; les yeux de Bev étaient humides de larmes.

— On ne peut pas accepter, Luther, parvint à articuler Walt Scheel d'une voix manquant de conviction. Ce ne serait pas bien.

— Ne dis pas de bêtises. Je n'ai pas pris l'assurance annulation ; si vous ne partez pas, la croisière est perdue pour tout le monde.

Bev regarda Walt qui se tournait déjà vers elle. Quand leurs yeux se croisèrent, Luther comprit ce qu'ils pensaient. C'était complètement fou, mais pourquoi pas ?

— Je ne suis pas sûre que mon médecin m'y autorise, objecta Bev d'une voix faible.

— J'ai le dossier Lexxon qui ne peut pas attendre, marmonna Walt en se grattant la tête.

— Et nous avons promis aux Short d'être avec eux pour le jour de l'an, ajouta Bev d'un ton songeur.

— Benny a dit qu'il passerait peut-être.

Benny, leur aîné, n'avait pas mis les pieds chez ses parents depuis des années.

— Et le chat ? lança Bev.

Luther les laissa invoquer une ribambelle de prétextes futiles.

— C'est un cadeau que nous vous faisons, reprit-il, un présent de Noël sincère, venant du fond du cœur, sans conditions. Nous l'offrons à deux personnes qui ont beaucoup de mal à trouver des prétextes pour refuser. Laissez-vous aller.

— Je ne suis pas sûre d'avoir les vêtements qu'il faut, objecta Bev, comme il fallait s'y attendre.

— Ne sois pas ridicule, lança Walt.

Voyant leur résistance fléchir, Luther porta le coup de grâce. Il tendit l'enveloppe à Walt.

– Tout est là, billets d'avion, billets pour la croisière, brochures, tout. Vous y trouverez aussi le numéro de téléphone de l'agence de voyages.

– Quel est le prix, Luther ? Si nous partons, nous tenons à te rembourser.

– C'est un cadeau, Walt. Il n'est pas question de rembourser quoi que ce soit. Ne complique pas les choses.

Walt avait compris, mais son amour-propre le retenait encore d'accepter.

– Nous en reparlerons à notre retour.

Ainsi, ils étaient déjà partis et revenus.

– Nous reparlerons de tout ce que tu veux.

– Et le chat ? s'écria Bev.

Walt se prit le menton entre deux doigts, dans une attitude de profonde réflexion.

– C'est un véritable problème. Il est trop tard pour s'en occuper maintenant.

À ce moment précis, un gros chat noir au poil touffu se glissa dans l'entrée et se frotta contre la jambe droite de Walt avant de lancer à Luther un long regard scrutateur.

– On ne peut pas le laisser à la maison, déclara Bev.

– Non, on ne peut pas, approuva Walt.

Luther détestait les chats.

– Nous pourrions demander à Jude Becker, poursuivit Bev.

– Pas de problème, je prendrai soin de lui, dit Luther, la gorge serrée, sachant parfaitement que Nora s'acquitterait de la tâche.

– Tu en es sûr ? demanda Walt, un peu trop précipitamment.

— Pas de problème.

Le chat leva de nouveau les yeux vers Luther et se retira furtivement. L'aversion était mutuelle.

Les adieux prirent un certain temps. Quand Luther serra Bev dans ses bras, il crut qu'elle allait se briser net. L'épais tricot cachait le corps frêle d'une femme malade. Des larmes coulaient sur ses joues.

— Je vais appeler Nora, murmura-t-elle. Merci.

Walt, le vieux dur à cuire, avait les yeux humides lui aussi.

— Je suis très touché, Luther, fit-il devant la porte, tandis qu'ils échangeaient une dernière poignée de main. Merci.

Luther attendit d'entendre le bruit du verrou sur la porte des Scheel pour reprendre le chemin de sa maison. Débarrassé de la grosse enveloppe contenant les billets onéreux et les épaisses brochures, libéré de l'autosatisfaction qui allait avec, il marchait d'un pas un peu plus vif qu'à l'aller. Satisfait d'avoir fait le plus beau des cadeaux, il se redressait fièrement et boitillait à peine.

Avant de traverser la rue, il s'arrêta pour regarder par-dessus son épaule. Dans la maison des Scheel, plongée dans l'ombre quelques minutes plus tôt, des lumières s'allumaient au rez-de-chaussée et à l'étage. Ils vont passer la nuit à faire leurs bagages, se dit Luther.

Il vit une porte s'ouvrir et la famille Galdy sortit bruyamment de chez lui. Des rires et des bouffées de musique s'échappèrent dans la nuit et se répercutèrent dans la rue vide. La fête ne montrait pas de signes d'essoufflement.

214

Debout au bord du trottoir, sous les flocons de neige qui s'accumulaient sur son bonnet et sur son col, regardant sa maison aux décorations toutes fraîches, dans laquelle s'entassaient tous les habitants de sa rue, Luther songea qu'il pouvait s'estimer heureux. Blair passait Noël en famille et elle avait amené un jeune homme sympathique, séduisant, bien élevé qui, à l'évidence, était fou d'elle. Et qui, avec la complicité de ce Marty que Luther ne connaissait pas, donnait le ton à la soirée.

Il avait lui-même de la chance d'être là, plutôt qu'à la morgue ou cloué sur un lit d'hôpital, dans le service de réanimation, avec des tubes un peu partout. Il avait encore dans la tête des images terrifiantes de sa glissade sur le toit, la tête la première.

Oui, beaucoup de chance.

De la chance d'avoir des amis et des voisins qui acceptaient de sacrifier leur propre réveillon pour lui venir en aide.

Il leva les yeux vers la cheminée où le Frosty de Brixley l'observait. Face ronde au sourire niais, haut-de-forme noir, pipe en épi de maïs. À travers les gros flocons, Luther crut voir le bonhomme de neige lui faire un clin d'œil.

Il se rendit compte qu'il avait l'estomac dans les talons, comme toujours ces temps-ci ; il eut une brusque envie de truite fumée. Il se remit en marche sur le tapis de neige fraîche, se promettant de dévorer aussi une grosse part de cake.

Ne pas vouloir fêter Noël. Quelle idée ridicule !

L'année prochaine, peut-être.

Cet ouvrage a été réalisé par

FIRMIN DIDOT

GROUPE CPI

Mesnil-sur-l'Estrée

pour le compte des Éditions Robert Laffont
24, avenue Marceau, 75008 Paris
en octobre 2002

Dépôt légal : novembre 2002
N° d'édition : 43048/01 – N° d'impression : 60686